초의 1

초의

艸衣

1

한승원 장편소설

열림원

—

뱁새는 한 몸 편히 쉬기에 한 가지가 필요할 뿐이다.

「한산시寒山詩」에서

조선조 후기 세상에 드리워진 초의의 그림자

이른 봄의 산난초꽃 한 송이는 그윽한 향기로 온 산골짜기를 가득 채운다. 초의선사의 향기는 그렇게 온 세상에 가득 차 있지만 그에 대한 실록은 어디에도 없다.

초의선사의 행장은 『동사열전』에 단 세 쪽에 걸쳐 간단히 기술되어 있을 뿐이고, 『한국불교전서』에 유고 시문詩文들이 있고, 추사 김정희가 보낸 편지들, 강진에 유배되었던 다산 정약용과의 사귐으로 말미암은 단편적인 기록들, 대흥사 어귀에 그분의 비문이 있을 뿐이다.

초의선사의 실체를 찾기 위해서 나는 그분의 그림자를 찾아다녀야 했다. 그분이 사귀었던 조선조 후기의 여러 지식인들의 행장이며 문집이며 비문을 뒤지고 그분이 걸어간 길을 걸어보았다.

초의선사가 태어난 나주 삼향(지금은 목포와 무안으로 나뉘어 있음), 처음 머리를 깎은 나주 남평의 운흥사, 손수 지었고 가장 오래 머무른 대둔사(지금의 대흥사)의 일지암, 아암 혜장 스님이 머물렀던 백련사, 아버지처럼 모셨던 정다산의 강진 흔적, 경기도 말고개 馬峴의 여유당, 그곳에서 멀지 않은 운길산 중턱의 수종사, 『다신전』을 집필한 지리산의 칠불암, 처음 한소식을 한 곳이라는 영암 월출산의 신갑사, 유배되어 있는 벗 추사를 위로해주기 위해 찾아간 제주도 대정읍, 해배된 추사가 한동안 머무른 서울 마포의 강변 마을.

그럼에도 불구하고 초의의 실체는 쉬 잡히지 않았다. 워낙 큰 분이고 행동반경이 넓고 깊고 높고 팔방미인처럼 손대지 않은 것이 없는지라 간단하게 더듬어볼 수도 없고 얼른 가닥을 잡을 수도 없었다. 암담하고 막막했다. 그러한 가운데서 나는 무중력 상태에 빠져들었고 이런저런 핑계를 대고 술을 마시고 방황하기 시작했다.

그러는 동안 해남의 대둔사 주변에는 초의선사에 미친 한 소설가에 대한 소문만 나돌게 되었을 터였다. 막연한 어떤 일을 하는 데에는 소문을 내는 것도 예상치 못한 득을 얻는 방법이기도 한 모양이다. 어느 날, 키 작달막하고 얼굴 창백한 비구니 스님 한 분이 찾아왔다. 내가 초의선사의 실체를 찾고 있다는 소문을 듣고 찾아온 것이었다.

한 고찰 암자에서 정진한다는 그니는 초의선사와 동시대를 살았던 비구니 니지현순馜池玆瞬의 『몽중몽실기夢中夢實記』를 내놓았다. 꿈속의 꿈같은 삶의 실체를 말해주는 그 기록은 어둠 속을 더듬거리며 헤매는 나의 손에 잡힌 성능 좋은 전짓불과 미로 탈출의 나침반이자 지도였다.

그 비구니는 니지현순이 자기 은사의 증조뻘 된다고 말했고, 자기가 그 실록을 읽어본 바로는 초의선사의 행장을 쓰는 데 있어서는 반드시 읽어야 할 것인 듯싶다고 했다. 그 실록 속에 투영된 초의선사의 그림자를 보고 나는 소스라치게 놀랐다.

니지현순은 무안의 한빈한 선비 집안의 딸이었는데, 시와 글씨와 그림과 자수를 좋아하고 가야금을 잘 켰다. 한데 도박에 미친 오라버니가 그녀를 늙은 갑부의 첩실로 팔아버렸다. 팔려가는 도중 나루터에서 그녀는 운흥사로 간다는 초립동 초의를 만났고, 첫눈에 그에게 마음을 빼앗겼다. 그녀는 야반도주를 하여 운흥사 아랫마을의 주막에 몸을 의탁했고, 어느 날 초의에게 연모하고 있음을 고백하고 그로 하여금 환속하게 하려고 들었다. 초의는 그녀를 뿌리치고 어디론가 떠나갔고, 그녀는 나주에서 기생이 되었다. 내직으로 영전하는 목사를 따라 한양으로 간 그녀는 초의가 참여한 선비들의 시회에 불려갔다가 온 뒤 몸을 감추고 머리를 깎았으며,

대둔사 가까운 곳에 암자를 짓고 일지암으로부터 날아오는 초의의 향기를 맡으며 정진하다가 입적했다.

　그 실록에 드리워진 초의선사의 그림자는 어느 누구의 행장이나 문집에서보다 더 뚜렷했다. 초의선사를 형상화함에 있어 그 실록은 절대적인 힘이 되었다.

二

깊은 골짜기의 신谷神은 그윽한 여신玄牝이고,

그윽한 여신은 영원한 우주를 만들어내는 늪天地根이다.

노자

태몽

초의의 세속 나이 팔십이 되던 해의 한겨울이었다. 초의는 앓고 있었다. 눈을 감은 채 샛별을 생각했다. 고통스러운 일을 당할 때마다 샛별을 떠올리곤 하는 버릇이 있었다. 새벽 먼동이 트기 직전에 동녘 하늘에서 흰빛을 쏘아대는 금빛 나는 별.

어머니는 어느 날 밤에 허공을 둥둥 떠오는 황금색의 꽃송이 같은 샛별을 가슴에 품는 꿈을 꾸고 초의를 잉태했노라고 말했었다.

"악아, 어미의 태몽에 샛별이 나타나면 그 아이는 장차 세상을 환히 밝혀주는 큰 인물이 된다고 하더라. 너는 장차 큰사람이 될 것이다. 한사코 착하게 살아야 한다잉. 글 부지런히 읽고 헛욕심 부리지 말고 너보다 못한 사람 불쌍하게 여기고……."

늙어 몸이 허깨비처럼 가벼워진 초의는 어디론가 멀리 떠나갈 준비를 하고 있었다. 어머니가 그리웠다. 아미타 세상에 앉아 있는 관세음보살을 떠올렸다. 그는 눈을 거슴츠레하게 뜨고 옆에 앉아 있는 비구니 자운을 보았다. 자운에게 어머니 모습이 슴배어 있었다. 세상의 모든 여성은 하나다. 사람들은 모두 그 여성의 몸속에서 나왔다가 텅 비어 있는 우주의 음습한 시공으로 되돌아간다.

연못, 그 우주적인 늪(자궁)

초의는 어린 시절 어른들에게 이것저것 귀찮게 묻곤 했었다.

"할아버지, 『천자문』은 중국 글자라고 했지요? 그 책 첫머리에 하늘 천天 따 지地 검을 현玄 누를 황黃 있지요? 왜 하늘은 검고 땅은 누르다고 했습니까? 제가 보기로는 하늘은 쪽색이고 땅은 푸르른데요? 중국 하늘은 우리 조선 하늘하고 달리 새까만가요?"

할아버지는 하늘을 쳐다보며 웃었다.

"아니다. '검을 현'이 아니고 '감을 현'이다. 감색은 쪽색을 말한다. 느그 어머니가 입고 있는 치마 색깔 말이다."

할아버지가 이렇게 대답하고 나서, 그러나 그것만으로 대답을 다 했다고 생각지 않은 듯 잠시 뒤 말을 이었다.

"'감을 현'은 쪽 색깔만 말하는 것이 아니고, 알 수 없는 신비하고 숭엄한 세상이라는 뜻을 머금고 있단다. 누를 황은 또 누른 색깔 외에 세상에 살고 있는 모든 생명이 솟아나오는 땅이라는 뜻을 머금고 있다. 그래서 '천지현황'은 '하늘은 그윽한 신비로운 세계이고 땅은 생명이 솟아나오는 모태'인 것이니라."

이 말을 하고 나서 할아버지는 어린 초의의 두 눈을 빤히 들여다보았다. 초의는 할아버지의 두 눈 속으로 눈길을 깊이 밀어넣을 뿐 더 물으려 하지 않았다. 그 눈길은 의문으로 가득 차 있었다.

그 쪽색의 하늘이 들어와 있는 연못이 그의 집 마당 한쪽 귀에 있었다. 하늘이 머금고 있다는 그 숭엄하고 신비로운 세계란 무엇일까.

연못 물이 초여름의 장맛비로 말미암아 불어나 있었다. 열 평쯤 되는 연못이었다. 푸른 문전紋煎 같은 동그란 수련잎들이 수면을 덮고 있었다. 그 사이사이에 백수련꽃 여남은 송이가 피어 있었다. 그 꽃의 그림자가 수면에 투영되어 있었다. 남녘의 바다 쪽에서 바람이 불어왔고 대나무숲이 수런거렸다. 먼 데 나가서 보면, 대나무숲은 집 뒤란 언덕에 머리털처럼 솟아 있고, 양쪽 모퉁이에는 짙은 구레나룻처럼 돋아나 있었다.

서쪽 모퉁이의 구레나룻 같은 대나무숲 옆에 연못이 있었다. 연못의 서편 언덕에는 늙은 적송 한 그루가 가지들을 사방으로 벌리고 서 있었다. 바람이 불 때마다 연못에는 잔주름살 같은 물결이 일었다.

초의가 댓잎으로 만든 배를 띄웠다. 어른들은 아무도 집에 있지 않았고 어린 초의 혼자서 집을 보며 놀고 있었다. 할아버지는 초의에게 글씨를 받아주고 이웃 마을로 시회를 하러 갔고 어머니는 콩밭을 매러 나갔고 아버지는 고기잡이를 하러 갔다.

초의의 고조가 진사이기는 했지만 내리 삼대째 벼슬을 하지 못했으므로 집안은 한빈했다. 아버지는 한빈을 떨치려고 상사람들하고 어울려 농사짓고 고기잡이를 하다가 새우젓갈 장사를 하러 나섰다.

어린 시절에 초의는 억수라고 불렸다. 집안의 외동아들이었으므로 어머니가 명이 길기를 희망하여 붙인 이름이었다. 할아버지가 중부中孚라는 이름을 지어주었지만 그 이름을 부른 사람은 할아버지뿐이었다. 마을 사람들은 모두 그 아이를 억수라고 불렀다. 어머니의 뜻을 따라 그 아이의 명을 길게 이어주겠다는 것이었다.

초의의 댓잎 배들은 모두 남쪽에서 불어오는 바람을 따라 수련꽃들을 향해 나아갔다. 꽃잎들은 한가운데 샛노란 술 스무남은 개를 담고 있었는데, 마치 흰 접시에 자잘한 황금빛 촛불들을 밝혀놓은 듯싶었다. 그 꽃은 그림자를 가지고 있었다. 수면에 투영되어 있는 그림자. 초의는 그림자가 주인인 꽃을 흉내 내고 있다고 생각했다. 아니 물속의 그림자들이 사실은 주인인데 수면 위쪽의 꽃들이 그림자를 흉내 내고 있는지 모른다고 생각되었다. 세상은 한 벌만 있는 것이 아니고 두 벌이다 싶었다.

초의는 할아버지가 글자들을 한 번 짚어주기만 하면 그것들을 줄줄 외었고, 할아버지는 자기의 학문을 손자에게 전해주려고 했다.

"물고기는 헤엄을 칠 때에 몸을 꿈틀거린다. 머리 몸통 꼬리를 차례차례…… 물속에서 사는 것이라 물결을 따라서 그러는 것이다. 물결이 칠 때 자세히 봐라. 그것들은 굼실굼실 춤을 추듯이 반드시 세 번씩 꺾이지 않더냐?"

글씨를 가르칠 때 할아버지가 이렇게 말했다. 정지해 있어야 하는 글씨를 왜 움직거리는 물고기와 춤추는 물결처럼 써야 하는 것일까.

초의는 연못 앞에 갈 때마다 물고기와 글씨를 동시에 생각했다. 정지해 있는 것을 보면 움직이는 것을 생각하고 움직이는 것을 볼 때는 멈추어 있는 것을 떠올렸다. 시끄러운 것을 대하면 고요한 것을 떠올리고 고요한 것을 대할 때면 시끄러운 소리를 떠올렸다. 글씨는 종이 위에 먹물로 쓰여 마르는 것이지만 그 속에 물고기의 꿈틀거림 같은 움직임을 담고 있어야 한다.

연못 속에 들어 있는 또 하나의 세상이 신통스러웠다. 늙은 적송赤松이 서 있는 언덕의 서쪽으로 돌아가면 골짜기가 있고 그 골짜기에 시냇물이 흘렀다. 그 시냇물이 통대 홈을 타고 연못에까지 흘러왔다. 통대로 만든 홈대는 층층이 이어져 있었다. 홈대 끝에서 연못으로 떨어지는 물줄기가 밤이고 낮이고 졸졸 소리를 냈다. 연못은 늪에 팠고, 홈대를 타고 온 물이 없을지라도 바닥나게 마르지 않을 터이지만 할아버지는 구태여 그 홈대로 골짜기의 시냇물을 끌어들인 것이었다. 물소리는 집 안의 공기를 살아 움직거리게 했다. 졸졸 소리 틈새에 정지해 있는 고요가 있었으므로 집 안에는 늘 그 소리의 시간과 고요의 시간이 교차되고 있었다. 그 두 시간 속에서 자라는 초의의 내부에 두 시간이 교직되고 있었다.

연못 속으로 들어가본다면 재미있을 듯싶었다. 하늘과 구름이 들어와 있고 늙은 적송과 산과 대숲이 들어와 있었다. 어린 그의 또 하나의 얼굴도 들어 있었다. 그는 또 하나의 세상 속에다가 댓잎배를 띄우고 있었다. 그 댓잎배는 수면 속의 하늘과 구름과 솔잎과 대숲을 누비질하며 나아갔다. 그 배를 타고 그 속 어디론가 들어가보고 싶었다. 한 척을 띄우고 또 한 척을 띄웠다. 그중 한 척이 바람에 넘어졌다. 그것을 일으켜 세우려고 한 손을 내밀었는데 발이 미끄러졌고, 몸이 거꾸로 처박혔다. 깊은 물은 아니었다. 겨우 그의 젖가슴께가 잠길 깊이였지만 초의는 물속에서 옆으로 쓰러지자 발이 바닥에 닿지 않아 허우적거렸다. 허우적거림에 따라 아랫도리가 수면으로 떠올랐고 얼굴이 물속으로 가라앉았다. 숨이 막혔다. 코와 입으로 물이 들어왔다. 물을 꿀꺽 삼키고 나서 숨을 쉬어보려 했다. 공기 방울은 들어오지 않고 물만 거듭 들어왔다. 물을 삼키고 또 삼켰다. 눈앞에 검푸른 어둠이 진을 쳤다. 그 어둠이 무서웠다. 어둠으로부터 도망을 치고 싶었다. 무언가를 붙잡으려고 두 손을 내저었다. 그 손 내저음으로 말미암아 더 깊은 곳으로 빠져들어갔다. 푸른 어둠이 점차 검푸르러졌다. 의식이 아득해지면서 차라리 더 편안해지고 있었다.

그때 누구인가가 달려와서 그의 몸을 검푸른 어둠 밖으로 건져 올렸고, 흰 빛살 아래 놓고 물을 토하게 했다. 가슴과 얼굴을 세차게 때리면서 흔들어댔다.

"악아, 악아, 눈 떠봐라!"

그 말이 아득한 하늘 쪽에서 날아왔다. 연못 언덕에 누운 그의 눈에 하얀 빛이 보이기 시작했다. 푸른 어둠 아닌 깊고 높은 하늘이 보였다. 그 하늘을 무엇인가가 가렸다. 그것은 머리를 하얗게 깎은 스님의 얼굴이었다.

스님은 어린 초의를 툇마루로 데리고 가서 눕혔다. 초의는 속에서 넘어오려고 하는 역한 기운을 억누를 수 없었다. 모로 누운 채 욱 하고 토악질을 했다. 연못 물이 넘어왔다. 토사물에는 부평초라고도 불리는 연둣빛 개구리밥 풀 잎사귀들이 섞여 있었다.

스님은 초의를 일으켜 안은 채 등을 토닥거려주면서 더 토하라고 했다. 초의는 토하고 또다시 토했다. 더 토할 것이 없어졌을 때 초의의 몸에 무력증이 일어났다. 스님이 초의를 툇마루 바닥에 눕

했다. 초의는 누운 채 자기를 내려다보는 스님의 얼굴을 쳐다보았다. 어디선가 본 듯한 얼굴이었다. 거무튀튀한 살갗에 까만 눈동자가 반짝거리고 눈썹밭이 넓고 코의 운두가 높고 입술이 두툼하고 광대뼈가 불거진 얼굴. 그 얼굴이 아물아물 꿈속으로 사라졌다.

깊은 잠에서 깨보니 할아버지가 근심스러운 얼굴로 초의를 내려다보고 있었다.

"악아! 할애비다!"

할아버지 옆에 스님이 앉아 있었다. 마당에는 모깃불이 하얀 연기를 뿜고 있었다. 스님이 모깃불 속에서 옥수수를 꺼내왔다. 옥수수의 껍질이 흑갈색으로 타 있었다. 할아버지가 초의를 일으켰다. 스님이 옥수수의 껍질을 벗겨 초의에게 내밀었다. 노릇노릇하게 익어 있었다. 초의는 그것을 받아들였다. 할아버지가 그의 머리를 쓰다듬어주었다. 그때, 들에 나갔던 초의의 어머니가 들어왔다.

"악아, 인사 올려라."

초의의 어머니는 스님께 큰절을 세 번이나 했다. 그러는 동안 할아버지는 눈길을 땅에 떨어뜨리고 있었다. 초의의 어머니가 절을 마치자 할아버지가 말했다.

"이 민성 스님으로 말하자면은 어흠, 나보다 세속 나이로야 열다섯 살이나 아래이시지만, 나하고 동문수학하던 벗이다. 글재주와 총기가 참으로 귀신도 혀를 내두를 정도로 대단해서 신동이라고 떠들썩했었는데 문득 어느 날 이렇게 불제자가 되셨다. 지금 운홍사에 계신다는데, 법천사 불사 때문에 오셨다가 나를 보고 싶어서 그 먼 길을 걸어서…… 우리 중부하고는 참으로 묘한 인연인 듯싶구나."

민성이 무안해하며

"삼향 선생 말씀은 과찬이십니다."

하고 나서 초의의 어머니를 향해 말했다.

"제가 보기로 보살님의 앞날이 훤하게 열리실 듯싶습니다. 이렇게 눈망울 초롱초롱한 아들을 낳으셨으니……."

할아버지가 초의를 끌어안으면서 말했다.

"우리 중부, 이 스님 아니었으면 큰일 날 뻔했다이. 이 할애비가 출타한 동안 연못에 빠져가지고……."

초의의 어머니는 초의를 받아 품었다. 초의의 볼에다가 얼굴을 비볐다.

"새끼가 이 지경 되어 있는 줄도 모르고 애비라는 작자는 어디에서 뭘 하고 있는지……."

초의의 어머니는 목울음 때문에 말을 잇지 못했다.

초의의 아버지는 젓갈 장사 핑계를 대고 밖으로 나돌곤 했다. 바람 같은 사람이었다. 여자가 한둘이 아니었다. 젓갈 실어오는 섬에도 하나가 있고, 목포 선창 주막, 무안현 안에도 하나씩이 있었다. 어느 날 문득 집에 들어왔다가는 한밤중에 휑 나가버리곤 했다.

"아버님, 연못 메워버립시다이. 오래전부터 조마조마했는데 기어이 이 재앙이 생기는구만이라우. 어디 맘 놓고 억수를 놔두고 들엘 나가것소?"

어머니가 눈물과 콧물을 훔치면서 말했다.

"메우다니요? 저 연못은 성지聖池입니다."

하고 민성이 말했다.

"저 연못은 관세음보살님의 늪입니다. 보살님이 낳아 키우던 아이는 이미 저 연못에 빠져 죽었고 이제 저 아이는 부처님께서 새로이 저에게 점지해주셨습니다. 보살님의 아이는 원래 단명한 아이였는데, 부처님께서 새로이 명을 한없이 길게 이어주셨으니 아마 세수 팔십은 훌쩍 넘도록 장수할 것이외다."

할아버지는 말없이 대통에 담배 가루를 쑤셔 넣기만 했다. 하늘에는 별들이 반짝거렸고 뒷산 숲에서 소쩍새가 울었다. 지빠귀가 호오요 하고 귀신 소리를 냈다.

"보살님께서는 제 말씀을 명심하시고 제가 시키는 대로 하십시오. 이 아이를 부처님께 바치십시오. 그렇지 않으면 부처님께서 이어준 명이 허사가 될 수도 있습니다. 요즘 바다를 건너온 천주학 귀신이 기승을 부립니다. 그 귀신에 들린 사람들이 호남 지방에서도 암약을 하고 있습니다. 이 신동의 심성은 바야흐로 만들어낸 화선지와 같아서 짙푸른 어둠 같은 것에 깊이 젖어버릴 우려가 있습니다. 멀지 않아서 이곳에서도 그 귀신 들린 사람들을 줄줄이 굴비처럼 엮어낼 것입니다."

민성의 말에 대꾸를 하려 하지 않고 초의를 안은 채 울기만 하던 초의의 어머니는 도리질을 세차게 하면서

"안 돼요. 절에는 안 보낼랍니다."

하고 말했다.

"내 생각도 저 에미하고 다르지 않소이다. 나도 우리 중부 머리를 깎게 하고 싶지는 않소. 잠시 부처님 공부를 하게 하고, 민성 스님을 통해 무병장수를 빌게 하고, 그랬다가 나이가 웬만큼 들면 집으로 불러와서 장가를 들게 하고 싶소."

가부좌를 한 채 윗몸을 양옆으로 천천히 저어대던 민성이 말했다.

"이 아이 전생이 중이었습니다. 영특하고 공부 많이 한 아주 고명한 스님이었는데 불행하게도 몸이 약해서 부처가 되지 못한 한을 풀려고 우리 중부 몸속으로 들어갔습니다. 중부를 보니 몸도 튼실하고 영특해서 만일 중노릇을 하게 하면은 세상을 깜짝 놀라게 할 재목이 될 것입니다."

"나는 민성 스님 말을 믿고 싶지 않소. 이 아인 우리 집안에 없어서는 안 되오. 평생 동안 중노릇을 하게 할 수는 없어요."

"삼향 선생, 지금 우리가 하고 있는 이 아이의 장래에 대한 논의는 의미가 없습니다. 이 아이의 길은 이 아이로 하여금 스스로 가게 해야 합니다. 오늘 빈도가 여기 온 것은 삼향 선생의 시하고 연못하고를 구경하기 위함입니다. 거기 제 얼굴도 좀 비쳐보고 싶

고요."

"그래 나도 민성당의 선향禪香이 매우 궁금하오."

할아버지가 지필묵을 꺼냈다.

초의의 어머니는 초의를 데리고 안채로 갔고 할아버지와 민성은 모깃불 앞에서 초롱을 밝히고 시를 읊었다. 모깃불은 하얀 연기를 뿜고 있었다.

어머니가 놓아준 명다리

이튿날 날이 밝았을 때 초의는 사랑방 문 앞으로 갔다. 할아버지
와 민성의 모습은 보이지 않았다. 어디엘 갔을까 하고 두리번거리
는데 할아버지가

"아이고 바람이다, 바람."

하고 중얼거리면서 대문 안으로 들어섰다. 할아버지가 잠에서
깨어나니 민성은 온다 간다는 말 한마디도 없이 사라지고 없었던
것이다. 어머니가 할아버지를 향해 말했다.

"우리 억수, 당골(무당)한테 팔아야 쓰것소."

당골과 어린 초의 사이에 명다리를 놓아주겠다는 것이었다. 할아버지는 더 고집하지 않았으므로, 초의의 어머니는 초의의 손을 잡고 당고개로 갔다. 머리가 하얀 당골은 초의를 신당으로 데리고 갔다. 신령님께 절을 하게 하고 이어 자기에게 절을 하라고 했다. 절을 하고 나자 이름을 '폰남'이라고 지어주었다.

"이제부터는 이름이 폰남이다잉. 장폰남이여, 잉? 억수도 아니고 중부도 아니다잉. 폰남이다잉. 그라고 나는 느그 어메가 아니고 저 당골 신할무니가 느그 어메다잉, 알것냐? 앞으로는 하루도 빠짐없이 막 자고 일어나면은 느그 어메한테로 달려가서, 어무니 안녕히 주무셨습니까, 하고 문안 인사를 드리고 와서 공부해라이. 알것지야? 그리고 설 명절, 추석 명절, 단오 명절, 유두 명절, 칠석 명절, 동지 명절······ 먼 명절이든지 여기 와서 쉰다잉, 알것냐?"

초의는 어머니의 얼굴을 쳐다보았다. 어머니의 얼굴이 낯설었다. 무엇엔가 씌워 있었다. 아니 세상 전체가 달라져 있었다. 어제의 하늘, 어제의 산, 어제의 길이 아니었다. 전혀 다른 땅에 와 있는 듯싶었다. 아니 하늘과 산과 땅과 길은 같은데 그가 달라져 있는 것 같았다. 어제의 그는 죽어 없어지고 전혀 새로운 아이로 바뀐 것 같았다. 해는 머리 위에 있었고, 그림자가 발에 밟히었다. 밟히는 그림자를 보며 아, 하고 탄성을 질렀다. 그림자와 그가 바뀐 것 같았다. 어제의 그림자가 오늘의 자기가 되고 어제의 자기는 오늘의 그림자가 되어 있었다.

법락의 향기

상좌 선기가 옆방에 기거하면서, 앓고 있는 가랑잎같이 가벼워
진 초의를 시봉하고 있었다. 선기가 엉뚱한 제안을 했다.

"한사코 큰스님을 시봉하겠다고 참으로 간절하게 말하는지라
어떻게 떨쳐버릴 수가 없어 데리고 왔습니다. 받아들여주십시오."

선기의 이 말을 들었을 때 초의는

"시끄러울라고?"

하고 혼잣말처럼 중얼거렸다. 선기는 선뜻 응낙하지 않는 초의
의 속마음을 읽기 위하여 한동안 말없이 초의의 얼굴을 건너다보

았다. 초의는 천장을 쳐다보며

"산보다는 물이 훨씬 시끄러운 법이다."

하고 말했다. 그럼 그냥 돌려보낼까요? 하고 말하려다가 선기는 바람벽을 건너다보며 기다렸다. 가랑잎처럼 되어버린 팔순의 초의도 섬섬옥수의 부드럽고 섬세한 손길의 비구니 스님 시봉을 더 바라고 있을지 모른다고 생각했다. 얼마쯤 뒤에 초의는 고개를 끄덕거렸다.

"그래 하고 싶으면……."

초의는 첫눈에 그니가 비천녀飛天女 같다고 생각했다. 동시에 수선화나, 눈꽃송이들 속에서 피어난 차나무의 꽃신花神이라고 느꼈다. 연못의 수면 위에 뜬 백수련꽃이라고 느껴지기도 했다. 희고 순수하고 깨끗한 것들을 모두 떠오르게 하는 자운이었다. 그것들은 모두 고요 그 자체였다. 그 고요는 어머니이고 그는 그 속에서 나온 시끄러움 한줄기였다. 그 시끄러움은 이제 그 고요 속으로 돌아가려 하고 있었다.

그니를 받아들이겠느냐고 묻는 선기의 뜻은, 바야흐로 곧 붉은 앵두처럼 앳된 그니를 받아들이면 사람들이 늙바탕의 탐욕이라고 웃지 않겠느냐는 것이었다. 그는 눈을 지그시 감은 채 유마힐거사를 떠올렸다.

마군 파순이 지세보살에게 일만 이천의 천녀를 데리고 와서 시자로 삼으라고 했을 때 지세보살은 그것을 감당하지 못하겠다고 했지만, 유마힐은 그들을 받겠다고 했고 그들 모두에게 법락法樂을 가르쳐주었다.

초의는 시봉 들기를 자청하여 온 자운에게 법락을 가르쳐주어야 한다고 생각했다. 첫 대면한 자리에서 자운에게

"너 남자하고 한 이불 속에 들어간 적이 있느냐?"

하고 물었다. 자운은 얼굴이 새빨개졌다. 재빨리 도리질을 하며 떨리는 목소리로 그런 적이 없다고 말했다.

초의가 남자라고 지칭한 것은 부처님의 법신을 말한 것이었다. 초의는 어떤 때朽도 무늬도 새겨지지 않은 자운의 영혼에다가 법신의 향기로움을 아로새겨주고 싶었다.

당황하는 자운에게 차를 내게 했다. 화로에서 끓인 물을 찻주전자에 붓고 차를 집어넣은 다음 뚜껑을 닫게 했다가 잠시 후 뚜껑을 반쯤 열게 했다. 자운이 찻주전자의 뚜껑을 반쯤 여는 순간, 열린 틈으로 묽은 김과 함께 차향이 피어올랐고 그것이 방 안에 안개 너울처럼 흘러다녔다.

"남자 몸에서 나는 향을 맡아본 적이 없지? 바로 이것이 그 향이니라. 무진등無盡燈 같은 향기. 한 등불이 백천 개의 등에 불을 붙여 어두운 세상을 밝게 하는데 그 등불은 영원히 그 소임을 끝내려 하지 않는다."

자운이 고개를 깊이 떨어뜨리고 소리 없이 울었다. 법락의 향기를 알지 못한 스스로가 부끄럽고, 늙고 병든 초의가 음험한 이야

기로 자기를 시험하는 것으로 여긴 스스로가 미욱하다 싶은 것이었다.

"차 향기 앞에 두고 우는 것 아니다. 너무 고요하여 뜨겁게 사랑할 수 없는 네 몸이나 슬퍼해라. 시끄러운 번뇌가 없으면 뜨거운 사랑을 할 수 없는 법. 뜨거운 사랑만이 시끄러운 번뇌를 잠재울 수 있다. 번뇌는 진흙탕 물하고 같아서 연꽃(고요함)을 피어나게 하지만 허공이나 고원高原(고요)은 연씨를 싹트지 못하게 한다. 연의 씨가 싹트는 것만큼 시끄러운 일이 있겠느냐? 세상은 둘이 아니다. 고요가 시끄러움을 낳고 시끄러움이 고요를 낳는다. 큰 바다(시끄러움)에 들어가야 진주(고요)를 캐낼 수 있다. 못된 늙은이가 뒤 가볍지 못하게 머물러 있으면서 네 길을 막고 있구나…… 나 멀지 않아 떠나갈 터이니 그때 모든 것 훌훌 털어버리고 바다로 진주나 캐러 가거라."

자운은 어리둥절하여 초의의 얼굴을 바라보기만 했다. 주름살 깊은 얼굴 살갗 여기저기에는 자줏빛과 갈색이 섞인 저승꽃들이 피어 있었다.

허적 세상에서 온 손님

바람 한 점 없는 허공에서 눈송이들이 수직으로 떨어졌다. 허적
虛寂의 세상에서 온 손님들이었다. 목화송이 같은 그들은 검푸른
송림을 하얗게 덮었다. 세상에 눈송이들처럼 시끄러운 것이 있을
까. 한데 그 시끄러운 것들이 지상으로 내려와 고요를 만들고 있
었다.

암자를 빙 둘러싼 소나무들은 눈을 덮어쓴 채 참선에 들어 있었
다. 암자 앞마당과 큰절로 내려가는 길에는 정강이까지 빠지도록
눈이 쌓였다. 우주 시원의 정적이 눈 골짜기를 덮고 있었다. 그 정

적 속에 암자가 들어 있었다. 일지암一枝庵이었다. 「한산시」에 '뱁새는 한 몸 편히 쉬기에 한 가지가 필요할 뿐이다常念 鷦鷯鳥 安身 在一枝'라는 대목이 있고, 『장자莊子』 「소요유」편에 '뱁새는 숲속에 집을 짓고 살지만 다만 한 개의 나뭇가지를 필요로 할 뿐이다鷦鷯巢於深林 不過一枝'라는 말이 있었다. 초의는 '일지'를 그 두 곳에서 가져왔다.

눈송이들 내려앉는 소리가 암자에 서린 정적을 깼다. 그 소리가 창지를 울렸고 그것이 방 안을 맴돌았다. 그것은 목욕을 하려 내려온 하늘 선녀들의 잠자리 날개 같은 옷자락 스치는 소리였다. 적막과 눈송이 내려앉는 소리의 간극 속에 초의와 비구니 자운이 들어 있었다.

방 한가운데 반듯하게 누운 초의는 그 고요와 눈송이 내려앉는 소리 속에 번져오는 진한 향기를 맡았다. 그것은 유현幽玄한 세계에만 존재하는 입자들이었다. 초의는 심호흡을 했다. 유현을 빨아들이고 있었다. 그의 영혼이 유현 속으로 스며들고 유현이 그의 영혼 속으로 슴배어들었다. 우주 한가운데로 들어가고 우주가 초의의 한가운데로 들어오고 있었다. 심호흡을 거듭할수록 초의의 얼굴에는 화기가 돌았다. 복사꽃 색의 물결이 온몸에 번지고 있었다. 바야흐로 열락의 절정감 속에 빠져들었다. 아, 이것이 이런 경우에 이러하다는 것을 누구에게 전해주고 갈까. 안타까웠다. 자운의 손을 잡았다. 살결이 보송보송한 손이었다. 그의 몸속에서 일고 있는 절정감이 자운의 몸과 마음으로 스며들지도 모른다는 착각에 사로잡혔다. 열락의 절정감으로 말미암아 그의 숨결은 가빠져 있었다.

자운은 초의 스님이 어디론가 돌아가려 한다고 생각했다. 그니가 알고 있는 그곳은 침잠의 세계였다. 모든 사람이 결국에 돌아가는 그곳. 그 돌아감에 방해될까 싶어 옆에 앉은 자운은 숨을 죽였다.

낙락장송의 그늘

　초의가 열 살 되던 해부터 할아버지가 서당을 열었다. 낙락장송 같은 할아버지였다. 마을 아이 여섯이 낙락장송의 그늘 속에 모여든 참새들처럼 글을 읽으러 왔고 그들로 인해 곡식 몇 됫박씩을 얻어 들이곤 했다.

　할아버지는 곤궁함을 면하기 위해 서당을 연 것이 아니었다. 초의를 위해서였다. 장차 시와 글씨와 그림에 능한 삼절三絶로 키우려는 것이었다. 할아버지는 자기가 이루지 못한 꿈을 초의로 하여금 이루게 하려고 도모하고 있었다.

할아버지는 초의에게 글씨를 쓰게 하거나 그림을 그리게 하고는 벽을 향해 반가부좌를 한 채 눈을 지그시 감고 예전에 읽었던 책을 암송했다. 목소리가 어웅한 동굴을 울리고 나온 듯 웅숭깊으면서도 쩌렁쩌렁 쇳소리가 났다. 가락이 방패연의 연줄 풀려나가듯 했다. 자새에 잘못 감긴 연줄이 주루룩 풀리면서 연이 자지러졌다가 솟구쳐 오르듯 한 번씩 삐쳐 올라갔다가 다시 내려왔고, 밋밋하고 낭랑하게 이어졌다. 당골 신할머니가 무가를 부르는 듯싶기도 했다.

할아버지의 소리가 초의의 몸속으로 스며들고 머리에 새겨지고 있었다. 밖에서 술을 얼근하게 마시고 온 밤에도 그 소리를 했다. 소리는 대청마루와 집 안과 연못과 대나무숲을 흔들어댔다. 그게 이내 낀 산으로 짙푸른 하늘 세상으로 번져나갔다.

초의는 이해력과 기억력이 남달랐다. 한번 짚어 일러주면 곧 이해하고 기억 속에 저장했다. 『논어』『맹자』『대학』『중용』을 모두 외었고 바야흐로 『시경』 공부 『주역』 공부를 하고 있었다. 할아버지가 받아주는 글씨를 따라 썼고 할아버지가 그린 그림들을 모사하기도 했다. 그 화법으로 대숲에 앉은 참새와 연못의 수련을 그려냈다. 운자를 내주면 시도 곧잘 지었다.

할아버지가 시회를 하러 가고 없을 때에 그는 할아버지처럼 벽을 향해 앉은 채 『논어』와 『맹자』를 암송하고 『대학』『중용』『시경』 『주역』들을 암송했다. 그의 목소리에 그가 반했다. 그 외우는 소리

가 노래처럼 즐거웠다. 목소리를 높이 가느다랗게 부를 때는 질 고
운 갈대청을 울리며 흘러나오는 대금 소리 같았다. 당골들이 굿하
는 자리에서 박수가 부는 대금 소리를 들은 적이 있었다.

어느 날 오랫동안 출타했다가 들어온 할아버지는 초의를 앞에
앉히고 괴나리봇짐 속에서 화첩 한 묶음을 꺼냈다. 해남 윤씨 집
안에 가보로 전해 내려오는 화첩이라고 했다. 그것을 한 장씩 펼
쳐 보여주었다. 한쪽 발을 살짝 들고 서 있는 흰말, 물속에서 꿈틀
거리는 해룡, 바위에 새겨진 글씨를 내려다보고 있는 신선들, 살아
꿈틀거리는 듯싶은 바위산에 기생한 기화요초, 안개 끼어 있는 산
과 강에 떠 있는 거룻배와 거기에 타고 있는 늙은 어부, 바위틈에
나 있는 대나무…….

"동방에서 제일 귀한 보배다. 내 이것을 빌려가지고 오려고 손이
발 되도록 빌었다. 석 달 열흘 동안 말미를 받았다. 꼭 백날이다. 이
것들 하나하나 머릿속에 잘 새겨두어라. 그동안 이틀에 한 장씩 네
가 그리고 싶은 것부터 모사를 해보아라. 우리 중부는 이것들보다
훨씬 더 잘 그릴 것이다. 색은 쓸 것이 없고 우선 그냥 먹물로만 모
사를 해봐라."

할아버지는 안채의 모퉁이 방에 화실을 마련하고 초의로 하여
금 그림을 그리게 했다. 그림을 그리기 전에는 반드시 찬물 목욕을
시켰다. 가부좌를 하고 눈을 감은 채 마음을 가라앉히게 한 다음
근엄하게 말했다.

"글씨는 마음의 그림이고, 그림은 마음의 시이니라. 지금 네 마음속에 시도 있고 그림도 있고 글씨도 있다. 사실은 태어날 때부터 힘 있고 아름다운 글씨라든지, 살아 꿈틀거리는 그림이라든지, 귀신도 깜짝 놀랄 시라든지가 네 몸속에 다 들어 있었다. 이렇게 남의 좋은 그림이나 귀신이 동하는 글씨나 시를 부지런히 모사하면 네가 타고날 때 가지고 나온 글씨나 그림이나 시들이 천천히 네 밖으로 솟구쳐 나오는 법이다."

이렇게 말을 한 다음 엎드려 모사를 하게 했다. 다음 날 그림을 그리게 하면서는

"옛날 황대치라는 분은 아흔 살이 되어도 얼굴이 소년 같았는데, 그것은 자기 그림 속의 그윽한 안개를 늘 먹고 마시고 산 때문이었단다."

하고 말했고, 그다음 날엔

"시를 짓는 것은 모양 없는 그림을 그리는 것이고, 그림을 그리는 것은 눈에 보이지 않는 말없는 시를 짓는 것이다. 그런데 산이나 강이나 바위나 대나무를 꼭 생긴 그대로 그리는 것을 좋은 그림이라고 하지 않는다. 상식적으로는 헤아릴 수 없는 절묘한 세계로 날아가야 하고 생각은 높고 먼 곳에 이르러야 한다. 그것은 수없이 많은 좋은 책을 읽어야 이를 수 있는 세계다."

다시 그다음 날엔 더욱 알 수 없는 말을 했다.

"진실로 아름다운 그림은 인품이 커지고 마음속이 깨끗하고 맑

아진 연후에 그릴 수 있는 법이다. 그 깨끗하고 맑은 심성은 네가 태어나기 이전부터 가지고 있었던 것이다. 그 심성이 나타나도록 마음을 가라앉힌 다음에 붓을 들어야 한다."

밥 구걸하는 거지와 글 구걸하는 거지

아버지는 할아버지가 서당 연 것을 못마땅하게 여겼다. 그는 시
잘 짓고 그림 잘 그리는 할아버지를 우러러보지 않았다. 할아버지
의 그러한 재주들은 돈이나 밥이나 술하고 바꿀 수 없는 가치 없
는 거라고 했다. 아버지는 할아버지의 길을 외면하고 애초부터 돈
되고 밥 되는 것을 구하는 길로 나아갔다. 중선 한 척을 샀다. 동무
장사꾼 셋과 어울려 장사를 했다. 섬에서 어린 새우를 받아다가 젓
갈을 담아 마포로 실어냈다. 할아버지와 아버지는 자주 다투었다.
아버지는 초의를 돈 잘 버는 장사꾼으로 키우려고 했다.

"저는 이놈의 가난 지긋지긋합니다. 지가 아부지보다 더 세상을 오래 살지는 않았지만은, 밥 구걸하러 다니는 거지는 있어도 글 구걸하러 다니는 거지는 없습니다."

"이놈아, 무식한 네놈이 보지 못해서 그렇지 왜 글 구걸하러 다니는 사람이 없단 말이냐? 글 구걸을 어디 누더기 걸치고 바가지 들고 다닌다더냐? 이놈아, 글 구걸은 임금님도 하고 만조백관들도 하고 고대광실 높은 집에서 호의호식하는 양반 선비들도 하는 법이야."

할아버지가 이렇게 소리쳐 말했지만, 아버지는 초의를 일찍이 장가를 들여서 배를 타게 하려고 했다. 동무 장사꾼 천씨의 딸을 며느리로 들이려고 했다. 장사꾼 천씨는 초의를 사위로 점찍어놓고 있었다. 술에 취해 온 천씨는 초의의 등을 토닥거리며 '아이고, 우리 맏사위 눈 초롱초롱한 것 봐라이' 하고는 했다.

초의는 할아버지와 아버지의 팽팽한 줄다리기 속에 들어 있었다. 그는 아버지가 싫었다.

"네 애비 본받지 마라. 속이 허한 허깨비 같은 사람은 바람둥이가 된다. 애초에 지 속에 들어 있는 보석 같은 것 찾을 생각은 하지 않고, 이 계집한테서 찾으려다가 없으면 저 계집한테 가서 집적거리고, 또다시 요 계집한테 가서 질벅거리고…… 계집이라는 것, 열 년 스무 년 보듬어봐야 결국에 질퍼덕거리는 늪에다가 청춘하고 돈하고 처박아 넣기일 뿐인 것인디, 그 이상 무슨 놈의 하늘 잡

고 뙈기 치는 수가 생기것냐? 중부 너는 절대로 절대로, 니 속에
들어 있는 큰 나무를 키워내야 한다잉."

그렇다고 해서 할아버지가 다 좋은 것이 아니었다. 할아버지는
공자 맹자의 늪에 빠져 있었다. 차라리 석가모니 경전을 읽을지언
정 『노자』와 『장자』만은 읽지 못하게 했다.

석 달 열흘이 지났을 때 초의는 할아버지가 해남에서 빌려온 화
첩 칠십 장 모두 두 차례씩이나 모사를 했다. 터럭 하나하나가 살
아 있는 듯싶은 공재의 초상화, 해룡과 흰말, 살아 꿈틀거리는 바
위산 그림, 늙은 어부 그림들은 네 차례씩이나 모사를 했다.

할아버지는 초의가 모사한 그림들을 들여다보며

"그래그래, 이 정도면 어디 가서든지 넉넉하게 그림을 그립네
하고 자랑할 수 있것다. 장차 철이 들어서 여유와 기회가 생기면
다시 그림에 뜻을 두고 정진하도록 하거라."

하고 나서 괴나리봇짐 속에 그 화첩을 넣어 지고 길을 나섰다.

천주학의 냄새

가끔 할아버지에게 와서 『장자』를 공부하는 키 호리호리하고 얼굴 창백하고 콧날 오뚝한 한씨 어른이 있었다. 초의는 한씨 어른의 어깨너머로 『장자』를 귀동냥했다. 할아버지는 한씨 어른을 의심하고 부담스러워하고 버거워했다. 할아버지는 한씨하고 입씨름을 하곤 했다. 끼리끼리 파당을 지어 피비린내 나는 싸움만 하는 더러운 세상이 싫어서 자기 할아버지의 고향으로 돌아와 은거하고 있다는 한씨는 초의의 할아버지를 난처하게 하곤 했다.

"삼향 선생께서는 이 세상을 창조했다는 야훼 천주님의 나라에 대해서 들어보신 적이 있으십니까? 우리가 결국에 돌아가는 곳은 그곳이므로 이승에서의 삶은 그곳의 삶을 위해 준비하는 것일 뿐입니다요. 천주님의 나라로 가기 위해서는 하늘의 말씀을 믿어야 합니다요. 삼향 선생께서도 그쪽으로 관심을 한번 가져보시지요."

할아버지는 화를 벌컥 내면서

"그런 소리 하려거든 내 집에 발걸음도 하지 마시게."

하고 말했다. 한씨는 너털거리면서

"삼향 선생과 제가 단둘이 있고 여기에 자리를 같이했다면 높은 곳의 그분이 같이하셨을 뿐입니다. 겁내지 마십시오."

하고 말했다. 할아버지는 벌떡 일어나면서

"당장 나가소. 동네 사람들 시켜서 끌어내기 전에."

하고 소리쳐 말하고 밖으로 나가버렸다. 발짝 소리가 대문 밖으로 멀어졌다. 한씨는 허공을 향해 껄껄거렸다. 그리고 초의를 돌아보았다. 그때 초의는 할아버지가 받아준 글씨를 정성스럽게 쓰고 있었다. 한씨의 눈길이 그의 옆얼굴에서 파리처럼 기어다녔다.

"악아, 신동아! 잠시 쉬고 내 말을 좀 들어봐라. 내 답답하니까 너하고나 이야기를 좀 해야것다."

초의의 손 하나를 끌어다가 잡았다. 초의는 글씨 쓰기를 중단하고 몸을 일으켰다.

"신동아, 너는 진즉부터 알고 있지야? 이 세상에는 보이는 세계와 보이지 않는 세계가 있다는 것 말이다. 보이지 않는 세계 속에 우주를 창조하신 머리털 허연 노인 한 분이 계신다. 그런데 네 할아버지는 물론, 세상의 사람들은 그분을 믿지 않으려 한단 말이다. 너 지금부터 나를 믿고 내 말대로 한다면 그분을 느낄 수가 있게 될 것이다. 네가 마시는 바람과 물, 먹는 음식과 눈에 보이는 하늘과 구름과 산과 바다와 풀과 새와 기는 짐승들 속에 그분의 뜻과 그분이 풀어놓은 기운이 들어 있다. 높은 곳에 계시는 그 노인을 믿으면 네가 가는 곳이면 어디든지 그분이 따라다닌다."

한씨가 여기까지 이야기를 했을 때 밖에서 발짝 소리가 들리고 할아버지가 뛰어들어왔다. 다짜고짜 한씨를 밖으로 끌어냈다.

"아따아! 이 사람 참말로 무지막지한 사람이네잉? 멸문지화를 당하려면 자네나 당해. 남의 집 귀한 자식한테 그 악귀 불어넣으려 하지 말고……."

한씨는 할아버지에게 끌려 일어나면서 허공을 향해 너털거렸다.

"아이고 삼향 선생, 무지하게 겁도 많으시네요이, 어허허허 흐흐……."

너털웃음의 꼬리를 길게 늘어뜨려놓고 돌아간 한씨는 이튿날 다시 찾아왔다.

"내 그 야훼 이야기는 절대로 하지 않을 터이니 글이나 읽게 해 주시오."

할아버지는 못마땅해하면서도 한씨를 쫓아내려 하지 않았다.

한씨는 전처럼 『장자』만 읽었다. 읽다가 의문 나는 대목을 할아버지에게 새겨달라고 청하곤 했다.

초의가 보기로 할아버지는 『장자』에 대하여 제대로 이해 못 하는 부분들이 있는 듯싶었다.

한씨 어른은 『장자』 속의 「어부漁夫」를 공부하고 있었다. 어부가 공자를 훈계하는 대목을 두고 할아버지는

"장자는 공자를 투기한 사람이여."

하고 말했다. 성인이 어떻게 상대 성인을 투기한단 말인가. 한씨가 잠든 사이에 초의는 「어부」 대목을 넘겨보았다.

……공자는 슬픈 듯 탄식하고 어부에게 두 번 절한 뒤 일어나 다시 물었다. "내가 노나라에서 두 번이나 쫓겨났고, 위나라에서는…… 나는 잘못한 것을 모르겠는데 이런 변을 당한 것은 무슨 까닭입니까?" 어부는 슬픈 듯이 얼굴빛을 고치며 대답했다. "그대는 너무도 지각이 없구려. 어느 곳에 제 그림자를 두려워하고 제 발자국을 미워해서 그것을 버리려고 달아나는 사람이 있었소이다. 발을 들어 옮기기가 잦으면 발자국은 더욱 많아졌고, 빨리 달리고 또 빨리 달려도 그림자는 그의 몸을 떠나지 않았습니다. 그래서 아직도 제 걸음이 느리다고 생각한 그는 잠시도 쉬지 않고 더욱 빨리 달리기만 했으므로 그만 기운이 빠져 죽었다고 합니다. 그 사람은 그늘에 들어가서 그림자를 그치게

하고, 가만히 서 있음으로써 발자국을 나지 않게 할 줄을 몰랐던 것이니 너무 어리석었던 것입니다.

초의의 머릿속에 혼란이 일어났다. 천하에서 가장 훌륭한 성인인 공자를 꾸짖고 가르치는 사람도 있었단 말인가. 그렇다면, 공자가 싫어한 발자국은 무엇이고 떨쳐버리려고 한 그림자는 무엇일까.

이후 초의는 기회 있을 때마다 『장자』를 훔쳐 읽었다. 어느 날 도척이 공자를 꾸짖는 대목을 읽고 아연실색을 했다. 이런 책도 있단 말인가.

"할아버지, 저도 『장자』를 읽겠습니다."

"안 된다!"

할아버지는 단호하게 말하고 도리질을 했다.

"왜 안돼요?"

"안 된다면 안 되는 줄 알아, 이놈아."

할아버지는 얼굴을 붉히며 역정을 냈다.

이튿날 초의는 다시 물었다.

"한씨한테는 가르쳐주면서 왜 저한테는 안 가르쳐주십니까?"

"저 사람은 막돼먹어서 『장자』를 읽는다."

초의는 할아버지의 두 눈을 빤히 바라보았다. 할아버지는 초의의 눈길을 피했다. 그로부터 열흘쯤 뒤에 시회에 갔다가 얼근하게 취해 들어온 할아버지가 말했다.

"장자는 참으로 몹쓸 사람이다. 그렇기 때문에 아이들이 읽으면 안 된다. 사서삼경을 다 읽고, 적어도 나이 서른이 넘어서 읽어야 되는 법이다. 나이 많이 든 그때 읽더라도 혹시 잘못 읽으면 큰일 난다. 사람이 건방져지고 날넘어서 못쓴다."

그림자와 실체

초의의 깎은 지 오래된 머리털들과 넓은 눈썹밭은 서리 내린 듯 희었다. 지그시 감고 있는 까닭으로 눈자위를 덮고 있는 기다란 속 눈썹도 희었다. 귓바퀴는 소라고둥 같았고 귓밥은 보살님의 그것 처럼 크고 기름하고 탐스러웠다. 운두가 별로 높지 않은 콧대는 부 드럽고 인자하게 흘러내렸고 인중은 넉넉하게 길었고 입술은 얇았 다. 턱은 뾰쪽하지 않고 동글납작했고 볼은 억지로 힘을 주지 않았 음에도 불구하고 처지거나 늘어져 있지 않았는데 목줄기에는 깊 은 주름살이 그어져 있었다. 얼굴 살빛은 정성들여 찧은 공양미 빛인 듯싶고 어찌 보면 연한 복사꽃 색인 듯싶었다. 입술은 황갈색이었다.

초의의 얼굴을 내려다보고 있는 자운의 얼굴 살빛은 우윳빛이었고 주름살 한 가닥 없었다. 파르라니 깎은 머리에서는 옥빛이 났다. 코의 운두는 약간 높았고, 눈매는 약간 부은 듯한 외까풀이었다. 흰자위가 여느 사람보다 희고 크며, 눈동자는 흑갈색이었다. 앵두빛의 입술에 초승달 같은 눈썹에 가늘고 긴 목줄에 흰 조개껍질을 펴 늘여놓은 듯싶은 귓바퀴에 가냘픈 손에…… 한 폭의 미인도를 옮겨다놓은 듯싶은 앳된 얼굴이었다. 그 얼굴에 우울한 그늘이 서려 있었다.

자운은 그니 스스로가 일지암으로 찾아온 것이 아니고 누군가가 뒤에서 종용하여 온 것이었다. 초의는 그 뒷조종한 사람을 알고 있었다. 그니의 상좌일 터이다. 아, 얼마나 허랑한 일인가. 눈이 내리고 있다. 그 눈은 멀지 않아 봄바람에 녹아 없어질 것이다. 그 눈처럼 녹아 사라지는 것들이 세상에는 수없이 많은 법이다.

모든 것은 그림자를 가지고 있다. 실체라고 생각한 것이 사실은 어떤 진짜 실체의 그림자이고, 그것은 또 하나의 그림자를 만든다. 그 그림자의 그림자는 또다시 다른 그림자의 그림자의 그림자를 만든다. 곡두들이 난마처럼 움직이는 세상이다.

토포사

열다섯 살 되던 해 겨울 눈보라 치던 날 흰 두루마기에 테 좁은 갓을 쓴 중년 남자 한 사람과 포졸 두 사람이 찾아왔다. 그들은 할아버지에게 화상 하나를 펼쳐 보이면서

"이 사람 어디 갔소?"

하고 물었다. 그 화상은 한씨와 비슷했다. 초의는 진저리를 쳤다. 그들은 천주학쟁이들을 잡으러 다니는 토포사들이었다.

할아버지는 도리질을 했다.

"늦가을부터 온다 간다는 말 한마디 없이 어디론가 가버렸소."

얼굴 동글납작한 두루마기가 불량한 눈초리로 할아버지를 쏘아보면서

"관아로 끌려가서 곤장 맛을 보아야 이실직고하겠어?"

하고 엄포를 놓았다. 포졸이 포승줄을 꺼내 펼쳐들고 할아버지를 포박하려 들었다.

"이 영감아, 끌려가서 파김치 되고 싶지 않으면 바른대로 대! 그놈한테 설교도 듣고 밥도 주고 재워주기도 하고 그랬다는 것을 다 듣고 왔어."

할아버지는 얼굴이 창백해졌다. 이를 물었다. 그들에게 끌려가 곤욕 당할 것을 각오한 할아버지는 냉정해지고 있었다. 나지막한 목소리로 천천히 말했다.

"나는 선비로서 거짓말을 할 줄 모릅니다. 그자가 글을 배우겠다고 한 철 드나들었을 뿐입니다. 나는 어느 누구보다 공맹의 가르침을 우러르며 따르는 유생입니다."

"여기 그 말 믿을 사람 아무도 없어."

포졸은 할아버지를 포박했다. 두루마기가 손을 저어 포박을 가로막으며

"이후 나타나면 은밀하게 발고하도록 하시오. 만일 다시 여기를 거쳐 갔다는 발고가 들어오면은 그때는 멸문지화를 면치 못할 것이요."

하고 포졸을 이끌고 황망히 가버렸다.

역질

이듬해 늦은 봄 오랜만에 집에 돌아온 아버지가 할아버지에게

"우리 집에 다니면서 글 읽은 그 한씨라는 사람 말이오. 오늘 관아로 끌려갔소. 임자섬으로 들어가려다가 포졸한테 붙잡혔구만이라우. 앞으로는 그렇게 근본 확실하지 않은 사람하고는 상종하지 마시오."

하고 말하면서 배를 어루만지고 속이 불편한 듯 트림을 부걱부걱하다가 고개를 갸웃거리며 말했다.

"이상스럽게 배가 살살 아프네이."

아버지의 목소리는 쉬어 있었다. 종잇장으로 된 목을 통해 나오는 소리 같았다.

"어지께 낮에 임자섬에 들어가면서…… 한씨 그 사람 끌려가면 오늘이 아마 제삿날이 될 거라고…… 세상이 어째 이 모양이냐고 한씨하고 몇 달 동안 어울려 지내던 사람들하고 화주에다가 간재미 회 몇 점을 묵었는디 그것 땜에 그러는가?"

하면서 측간으로 갔다. 측간에서 와르르 설사하는 소리가 났다. 욱 하고 토악질하는 소리도 났다. 측간에서 나온 아버지가 고개를 갸웃거리며

"이상하게 하얀 쌀뜨물 같은 것만 나오네…… 먹은 것은 회하고 밥뿐인디? 속에 천주학 귀신이 들어왔는지 어쨌는지……."

어머니가 어찌할 바를 모르고 허둥댔다.

"아이고매 어쩌께라우? 섬에 역질 나돈다는 소문이 있든디?"

초의는 눈앞이 아찔했고 세상이 한 바퀴 빙그르르 도는 듯싶었다. 아버지가 저 역질을 여의지 못하고 죽어가게 될 거라는 생각이 들었다. 그 생각을 진즉 언제인가 한번 했던 듯싶었다. 심호흡을 했다. 머리가 여느 때와 달리 맑아지고 있었다. 햇살은 더 희고 투명해지고 나무 잎사귀는 더 푸르러졌다. 그 뚜렷한 명징이 그를 슬프게 했다. 텅 비어 있는 쪽빛 하늘을 쳐다보았다. 아버지는 죽으면 어떻게 되는가. 아랫마을 석돌이네 할아버지처럼 땅에 묻을 것이다. 세상으로부터 사라져가는 것이다.

할아버지가 뒤란 처마에 걸어놓은 말린 앵속(아편) 줄기 다섯 나무를 빼내 어머니에게 주면서 말했다.

"에미야, 이것 데려 멕여라. 배탈에는 이것 이상으로 좋은 것이 없다."

어머니는 화로에 숯불을 일고 약탕기를 올렸다. 탕기 속에 앵속을 구겨 넣었다. 아버지는 방으로 들어가자 삭신이 쑤시고 아린다고 하면서 끙 끄응 하고 신음을 하기 시작했다. 어머니는 화롯불을 부채질하다가 그 일을 초의에게 맡기고 방으로 들어갔다. 아버지가 다시 나와 측간으로 갔다. 그 걸음걸이가 비틀거렸다. 얼굴은 종잇장처럼 희었다. 측간에서 다시 설사하는 소리와 토악질하는 소리가 났고, 아버지는 으으, 으으으 하고 앓아댔다. 초의는 부채질만 더 세차게 했다. 앵속물을 마시고 아버지의 병이 곧 낫는다면 얼마나 좋을 것인가. 그렇지만 그렇게 되지 않을 듯싶었다. 오래지 않아 눈을 감은 채 숨을 쉬지 않게 되어버릴 것 같았다. 그런 생각을 하는 자신을 꾸짖었다. 아, 나는 아버지를 미워하고 있다. 아버지가 죽어가기를 희망하고 있다. 내 마음속에 악귀가 들어 있다. 혀를 아프게 깨물었다. 당골 집 신당 바람벽에 붙어 있는 귀신처럼 생기기는 했지만 얼굴과 손의 색깔이 새까만 악귀가 내 속에 들어가 있는 것이다.

할아버지는 사랑방 툇마루에 앉아 근심스럽게 앓는 소리 들려오는 측간을 보고 있었다. 대통에 담배 가루를 넣는 손이 떨렸다.

점심때가 가까워져 있었다. 서당 아이들이 눈치를 살피면서 하나씩 둘씩 돌아갔다. 할아버지가 초의의 옆으로 왔다. 화롯불에 대통을 넣고 물부리를 빨았다. 할아버지의 볼이 우묵 들어가고 입술 밖으로 연기가 빨려 나왔다.

"간밤 꿈자리가 사납더니!"

약탕기가 끓었다. 어머니가 와서 우러난 앵속물을 사발에 부었다. 그것을 들고 방으로 들어갔다. 초의는 어머니를 뒤따라 들어갔다. 아버지는 아랫목에 누워 있었다. 입을 반쯤 벌리고 눈을 감고 있는데 눈자위가 검푸르러져 있었다. 어머니는 뜨거운 앵속물을 식혀서 아버지의 입에 떠 넣었다. 아버지는 식은땀을 흘리고 앓으면서 그것을 마셨다. 그러나 욱 하고 모두 토해버렸다. 어머니가 그것을 걸레로 훔치는 사이에 아버지는 네발짐승처럼 밖으로 기어나갔다. 측간으로 가고 있었다. 측간에서 설사를 하고 난 아버지는 밖으로 나오자마자 쓰러졌다. 의식을 잃어버렸다. 어머니와 할아버지와 초의가 달려가서 아버지를 부축해 일으켰다. 할아버지가 아버지의 머리를 들어올리고 어머니와 초의가 다리 하나씩을 들어올렸다. 방으로 옮겼다.

"폰남이 너 싸게 당고개 당골네 어메한테 가서 말해라이. 아부지 돌아가시게 생겼응께 얼른 와서 푸닥거리 조깐 해줘사 쓰것다고."

초의는 살같이 당고개로 달려갔다. 당골 어머니는 없고 늙은 박

수가 마당에서 약을 달이고 있을 뿐이었다. 초의는 숨을 헐떡거리며 어머니가 하던 말을 그대로 전했다. 머리 백발인데다 얼굴의 주름살들이 깊고 얼굴색이 거무튀튀한 박수는 그를 돌아보지도 않고 냉랭하고 무뚝뚝하게 말했다.

"느그 아부지 같은 사람이 시방 이 근동에 한둘이 아니다. 여기저기 불려 다니다가 느그 신어메도 제명에 못 살게 생겼다야. 가서 앵속이나 달여 잡수시라고 그래라. 앵속은 신 내린 풀이란다. 이것 이상으로 좋은 약은 없은께 싸게 가서 말해라. 느그 신어메 들어오는 대로 한번 가보기는 하라고 말은 할란다만은……."

초의는 집으로 달려와 어머니에게 그 말을 전했다. 어머니는 부들부들 떨면서 앵속물을 아버지의 입속에 떠 넣었다. 그러나 아버지는 그날 한밤중에 경련을 일으키고는 숨을 거두었다. 아버지의 주검을 내려다보며 할아버지는

"아하이고, 이것이 뭔 일이라냐!"

하고 탄식을 했다. 어머니는 아버지의 가슴을 손바닥으로 치기도 하고 흔들어대기도 하면서

"아이고, 이렇게 쉽게 가버릴람스롬, 아이고 아이고! 이렇게 홀쩍 가버릴람스롬……."

하고 통곡을 했다.

초의는 밖으로 달려 나와서 별 총총한 하늘을 쳐다보았다. 큰 죄를 짓고 있는 듯싶었다. 오래전부터 아버지가 저렇게 역질에 걸려

죽어갈 거라는 것을 예감하고 있었으면서도 할아버지나 어머니에게 귀띔을 해주지 않은 죄.

"어쩔 것이냐, 아쉬운 소리를 할 사람은 새터 천씨 아제뿐이다. 가서 아부지 돌아가셨다고 얼른 오시라고 해라."

초의는 이웃 마을의 동무 장사꾼인 천씨 집으로 달려갔다. 그 집 아주머니가 손을 내치면서 싸게 가라고 했다.

"우리 집 양반도 금방 죽게 생겼다."

땅과 하늘이 기우뚱거리며 돌고 있었다. 집으로 달려가 그 말을 어머니에게 전했다. 어머니는 다시 마을 일가 당숙을 불러오라고 했다. 초의는 또다시 당숙 집으로 달려갔다. 사립에 황토 흙을 무더기무더기 쌓고 있던 머리털 반백인 당숙은 말없이 고개를 살래살래 저으며 손을 내쳤다.

그 말을 전해들은 어머니는

"형제간이고 뭣이고 다 쓸데없구나!"

하고 탄식했다.

아버지가 역질로 말미암아 급사했다는 소문이 마을에 퍼졌고, 마을 사람들은 초의의 집에 얼씬하려 하지 않았다. 그리고 자기들 집에 역질이 들어오지 못하도록 방편을 하고들 있었다. 금줄을 치고 고추 불을 피웠다. 마을 골목골목에는 매운 고추 불 연기가 맴돌았다.

할아버지가 안간힘을 쓰면서 아버지의 시체를 염했다. 항문과 코와 입과 귀를 솜으로 틀어막고 가는베 저고리와 바지를 입히고 두루마기를 입혔다. 관을 만들 수 없으므로 발대에 눕히고 그것으로 만 다음 새끼줄로 묶었다. 그것을 지게에 얹어주며 초의에게 짊어지고 앞장서라고 했다.

주검을 짊어지고 일어서려고 했지만 일어날 수 없었다. 땅에서 무엇인가가 끌어당기는 것 같았다. 할아버지가 뒤에서 밀어주어서야 간신히 일어났다. 대문간을 나갔다. 그의 뒤를 할아버지와 어머니가 따랐다. 다리가 부들부들 떨렸다. 땀을 뻘뻘 흘리면서 비탈진 뒷산 기슭으로 올라갔다. 거기에 선산이 있었다.

증조부모 무덤으로부터 다섯 걸음쯤 내려온 자리에 할머니의 무덤이 있었다. 그 무덤으로부터 아래쪽으로 다섯 걸음쯤 내려온 자리를 할아버지가 발끝으로 짚어주었다. 초의는 주검을 땅에 내려놓고 그 자리에 구덩이를 파기 시작했다.

할아버지는 말없이 할머니의 무덤 앞으로 가서 쪼그려 앉았다. 그곳에 엉겅퀴꽃 네댓 송이가 바람에 고개를 젓고 있었다. 호랑나비가 와서 그 꽃에 앉았다.

목이 탔다. 조갈증을 견딜 수 없어 골짜기 샘물로 가서 물을 들이켜고 왔다. 할아버지와 어머니가 도와주기는 했지만 구덩이 파기는 힘든 일이었다. 파다가 쉬고 또 파다가 쉬었다. 그가 쉬는 때에는 할아버지가 괭이질을 했다. 괭이를 지팡이처럼 짚은 채 허공을 쳐다보면서 말했다.

"에끼 이 몹쓸 놈아. 니가 나를 안 묻어주고 내가 니놈을 묻어주다니!"

피처럼 타던 노을이 스러지고 그을음 같은 땅거미가 내렸다. 초승달이 산머리에 걸려 있었다. 구덩이는 겨우 무릎이 묻히도록 패었다. 할아버지가 그만 파고 묻자고 했다. 할아버지 말대로 했다. 그가 머리 쪽을 들고 할아버지와 어머니가 다리 쪽을 들어 구덩이에 넣었다. 할아버지가 두 손으로 흙을 긁어다가 주검을 휘감고 있는 대밭 위에 뿌렸다. 어머니는 땅을 치며 통곡을 했다. 초의는 삽으로 흙을 떠서 주검을 덮었다. 그의 머릿속에는 아무런 생각이 없었다. 사나운 꿈을 꾸고 있는 듯싶었다. 빨리 그 꿈에서 깨어나고 싶었다. 혀끝을 아프게 깨물었다. 혀끝의 아픔이 정수리와 가슴으로 번졌다. 꿈이 아니었다. 아들인 그를 조선 제일의 뱃놈 장사꾼으로 만들고 집안의 한을 벗어나 떵떵거리고 살고 싶어 한 아버지의 삶을 흙 속에 파묻고 있었다. 아버지의 몸부림은 탐욕이었다. 초의는 그 탐욕을 매장하고 있었다. 삶은 이렇게 끝날 수도 있는 것이다. 모든 것을 뿌리치고 어디론가 훌훌 날아가버리고 싶은 충동이 속에서 솟구쳐 올랐다.

근처의 황토 흙을 퍼다가 무릎 높이쯤의 봉분을 만들었다. 근처에서 잔디를 떠다가 심었다. 할아버지가

"내일 다시 와서 떼를 좀 더 입혀주자."

하고 말했다. 어머니가 무덤을 철썩철썩 치면서 울었다.

"이렇게 쉽게 가버릴람스롬! 이렇게 허망하게 가버릴람스로옴!"

초의는 울지 않았다. 울음이 나오지 않았다. 무덤을 등지고 돌아섰다. 아버지 매장하는 데 사용한 괭이와 삽을 지게에 얹어 짊어졌다. 할아버지와 어머니를 앞장서서 산을 내려갔다. 시냇물 흐르는 소리가 들려왔다.

"조부님이랑 어머니랑은 먼저 가십시오. 먹 조끔 감고 갈랍니다."

"조심하거라잉."

초의는 등신만 남아 있었다. 마음은 어디론가 훨훨 날아가고 있었다. 저고리 고름 바람에 펄럭이며 머리채 찰랑거리며 괴나리봇짐 하나 짊어지고 행전 친 다리를 죽죽 내뻗으며 어디론가 가고 있었다.

차가운 시냇물을 벌거벗은 몸에 끼얹었다. 멀지 않아서 할아버지도 어머니도 그렇게 죽어가게 될 것이고 내가 짊어지고 가서 매장을 하게 될 것이다. 나도 아버지처럼 죽게 되고 누군가가 나를 매장할 것이다. 이 등신은 무엇인가. 집으로 돌아온 초의는 밥 한 그릇을 먹고 나무토막처럼 방에 쓰러졌고 깊은 잠에 빠져들었다.

죽음, 또 죽음

　나흘째 되던 날 밤, 누군가가 가슴을 흔들어대는 바람에 초의는
소스라쳐 일어났다. 어머니가 그를 내려다보고 있었다.

　"악아, 나도 이상하다. 배도 부글거리고 설사를 한다. 토악질도
하고……."

　목이 쉬어 있었다. 버석거리는 가랑잎으로 된 목을 울리고 나온
듯싶은 목소리. 아버지가 앓을 때도 목이 쉬어 있었다는 생각이 들
자 몸서리가 쳐졌다. 날은 번히 밝아 있었다. 어머니는 얼굴이 창
백했다. 처마에서 참새가 지저귀고 있었다. 어머니 앞에는 사발이

있었다. 앵속 달인 물을 마신 것이었다.

"재앙이 보통 재앙 아니다. 당고개 느그 어메한테 한번 더 가봐라. 나까지도 시방 죽게 생겼다고…… 나는 죽을지라도 너는 살아야 쓸 것 아니냐?"

초의는 멍히 어머니의 얼굴을 건너다보았다. 어머니는 그의 얼굴을 한동안 안타까운 눈길로 건너다보다가 토악질을 참으면서 몸을 일으키고 측간으로 갔다.

그는 허공을 쳐다보았다. 어머니가 아버지의 길을 따라가려 하고 있었다. 사랑방의 할아버지는 지금 어찌하고 있을까. 할아버지인들 그 길을 가지 않으리라는 법이 없다. 나도 그 길을 가게 되리라. 눈앞에 푸른 어둠이 장막처럼 펼쳐졌다. 몸을 일으켰다. 사랑방으로 가보았다. 할아버지는 빠끔빠끔 담배 연기를 빨아 뿜고만 있었다. 앞에는 화로와 약탕기와 사발이 놓여 있었다. 할아버지도 앵속물을 마신 것이었다.

"허허아, 이런 재변이 있나!"

초의는 말을 잃은 채 할아버지의 얼굴을 건너다보았다. 할아버지는 숙이고 있던 고개를 들고 단호하게 말했다.

"중부 너도 미리 이 물 한 사발 마셔둬라. 역질에는 이것 말고는 다른 약이 없다."

초의에게 한 사발을 따라주었다. 그것을 마시고 대문 밖으로 나갔다. 마을은 조용했다. 골목길에는 사람의 그림자도 찾아볼 수 없었다. 모든 사립과 대문 앞에는 새빨간 황토 가루를 무더기무더기 쌓아놓았다. 금줄을 쳐놓은 집도 있었다. 저마다 역질 막는 방편을 해둔 것이었다. 이 집 저 집에서 고양이의 울음소리가 들렸다. 사실은 그게 고양이 소리가 아니고, 마루장에다 바가지를 엎어놓고 문질러서 내는 배그더억 배그더억 소리였다. 역질은 역신이 들어옴으로 말미암아 일어나는 것이므로 그것을 범접하지 못하게 하기 위해 괴이한 소리를 내는 것이었다.

골목 쪽에서 매캐한 연기 냄새가 날아들었다. 고춧가루와 목화씨를 태우는 냄새였다. 그 냄새는 재채기를 나오게 했고 구역질이 나게 했다. 그것 또한 역신을 들어오지 못하게 하려는 방편이었다. 몇 해 전에도 역질이 돌자 마을 사람들은 그런 방편들을 했던 것이다.

허겁지겁 당고개로 달려갔다. 당골네는 신당에 있었다. 그녀는 산신님에게 비손을 하고 있었다. 초의는 신어머니에게 아버지가 돌아가셨는데 어머니마저 위독하다는 말을 하고

"신어무니, 얼른 가서 우리 어무니 좀 살려주시오."

하고 말했다.

신어머니가 그의 손에 부적 하나를 잡혀주며 얼른 가서 그것을 사립에 붙이라고 했다. 그리고 자기는 더 급하게 오라는 데가 있어 거길 다녀서 가야 한다면서

"얼른 가서 앵속물이나 떠 넣어줘라."

066

하고 말했다.

부적을 손아귀에 움켜쥔 채 뛰었다. 집에 돌아오자마자 부적을 사립문에 붙였다. 어머니는 또 측간에 들어가 있었다. 토악질을 하기도 하고 설사를 하기도 했다. 사랑방의 할아버지가 마당에 들어선 그를 불렀다.

"악아, 얼른 이것 마시고 뒤도 돌아보지 말고 집을 나가거라. 너 여기 있으면은 우리 집 문 닫는다. 어디로든지 가거라. 한사코 멀리, 저 먼 데 웃다리로 가버려라. 무어니 무어니 해도 살아놓고 봐야 한다. 느희 어머니 일은 내가 알아서 할 테니께 얼른 지금 입은 옷 그대로 나가거라. 싸게! 이런 때는 효도고 인륜이고 천륜이고가 없다. 어떻게든지 살아남는 것이 효도다."

죽음을 앞둔 어머니를 두고 가기는 어디로 간단 말인가. 죽어도 같이 죽고 살아도 함께 살아야 한다. 그는 툇마루에 엉덩이를 붙이고 걸터앉았다.

"싸게 나가란 말이다!"

할아버지가 소리쳐 말했지만 아랑곳하지 않고, 측간으로 들어가서 주저앉아 있는 어머니를 부축해 일으켰다. 파리들이 왕당거렸다. 설사해놓은 것과 토사물에 앉아 있던 것들이 어머니와 그의 얼굴로 날아왔다. 역신은 그 파리들 속에 들어 있는 듯싶었다. 온몸에 소름이 돋았다. 내 몸에도 이미 역신이 들어왔을 터이다. 새까만 얼굴의 역신이 눈에 보였다. 어머니를 부축하고 방으로 들어갔다. 어머니는 방에 들어가자마자 쓰러져 누웠다.

"아이고 어쩔꺼나 어린 너를 두고 어쩔꺼나……."

어머니의 얼굴색이 흙빛으로 변해갔다. 우글쭈글 주름살이 생겨 있었다. 욱 하고 토악질을 했다. 쌀뜨물 같은 토사물이었다. 그것을 걸레로 훔쳐냈다. 밖으로 나와 고추 불을 피우고 바가지로 마룻장을 문질러 배그덕 소리를 냈다.

초의의 머릿속은 하얗게 텅 비어 있었다. 어떤 생각의 가닥도 풀리지 않았다. 아, 어머니가 또 이렇게 죽어가고 있구나, 이 생각뿐이었다. 그게 현실 같지 않았고 사나운 꿈을 꾸고 있는 것 같았다. 할아버지가 앵속물을 들여주었고 그것을 어머니의 입에 떠 넣었다. 어머니는 그것마저 토했고 곧 온몸에 경련을 일으키고 숨을 거두었다. 어머니의 주검을 앞에 놓고 그는 멍청해졌다. 삶과 죽음의 길은 이렇게 쉽게 갈린다. 숨을 거두고 난 어머니의 몸뚱이와 그의 몸은 아무런 관계도 없어져버렸다. 어머니를 주검으로 변질시킨 역신이 나에게로 건너올 것이라는 공포감이 들솟았다. 그렇지만 피할 수 없는 일이었다. 아버지의 경우처럼 어머니를 발대에 둘둘 말아 지게에 얹어 짊어졌다. 할아버지가 뒤를 따랐다. 선영 아래쪽 기슭의 아버지 무덤 옆에 매장했다.

할아버지를 부축하고 집으로 돌아오는데 할아버지가

"중부야, 너 어디론가 얼른 가버리란 말이다."

하고 말했다. 초의는 못 들은 체했다. 할아버지는 사랑방에 들어

068

가자 앵속물 한 사발을 마시고 누웠다. 잠꼬대를 하듯이 또 그 말을 했다.

"중부야, 얼른 가란 말이다. 이 삼향을 벗어나거라. 그랬다가 찬바람 나서 이 병 잠잠해지거든 돌아오너라."

죽음의 집을 버리고 떠나가라는 것이었다. 초의는 그 말을 아랑곳하지 않고 시내로 가서 멱을 감고 돌아와 밥을 지었다. 어머니가 하던 대로 솥 아래쪽에 삶은 보리를 놓고 그 위에 쌀 두 줌을 얹고 불을 지폈다. 내가 떠나간다면 할아버지는 누가 모실 것인가. 할아버지가 살아 있는 한 자기는 집을 나가지 않으리라 했다. 마른 소나무 잔가지를 꺾어 불을 지폈다. 주황색의 불은 가마솥 밑을 싸고 돌았다. 오래지 않아 밥이 끓었다. 하얀 밥물이 눈물처럼 검은 솥뚜껑 사이에서 흘러내렸다. 할아버지를 봉양하기 위해서는 내가 나서서 장사를 하든지 고기를 잡든지 농사를 짓든지 해야 한다. 장가를 들어야 하고 아들을 낳아 장씨 가문의 문이 닫히지 않게 해야 한다.

밥상을 차렸다. 할아버지의 밥 한 그릇 그의 밥 한 그릇, 가운데에 장아찌와 물김치 한 사발. 밥상을 들고 사랑방으로 갔다. 상 위의 밥과 반찬에 파리들이 앉았다. 할아버지가 그것들을 쫓아 날리며 말했다.

"많이 묵어라. 기운을 차려야 병을 이긴다. 악아, 내 말 명심하고 이 밥 묵고는 떠나거라. 이놈의 동네 온통 역신들이 들끓고 있다.

여기 남아 있다가는 죽음 못 면한다. 이 할애비는 살만큼 살았은께 당장 죽은들 무슨 여한이 있겠느냐. 그렇지만 중부 너는 영민하고 똑똑하고…… 아직 해야 할 일이 많다. 우리 집안을 일으켜야 한다. 여기 남아서 역신 밥이 되기에는…… 용모 수려하고 삼동 갖고 영특한 니놈이 너무 아깝다."

할아버지는 자기 밥그릇에서 밥 한 숟가락을 듬뿍 떠서 초의의 밥그릇에 얹어주면서

"많이 묵고 어서 떠나거라."

하고 말했다.

초의는 악몽을 꾸고 있는 것 같았다. 꿈을 꾸고 있는 내가 실체일까 꿈속의 내가 실체일까. 수면 위에 떠 있는 수련꽃과 수면에 투영된 그림자를 떠올렸다. 나는 수면 위에 뜬 꽃인가 물에 비친 그림자인가. 그 생각을 하다가 진저리를 쳤다. 머릿속에 또 하나의 죽음이 보였다. 할아버지가 아버지와 어머니처럼 측간을 들락거리다가 경련을 일으키고 죽어가고, 사력을 다해 할아버지의 주검을 매장하고 돌아오는 그의 모습이 눈앞에 그려졌다. 할아버지를 매장하고 나서 떠나가는 그의 모습이 보였다. 괴나리봇짐 하나 짊어지고 짚신에 행전을 치고 떠나가고 있었다. 생각을 떨쳐버리려고 고개를 세차게 저었다. 밥에다가 물을 부어 숟가락으로 쿡쿡 찔러 저었다. 그것을 들이마셨다.

"운홍사로 가거라. 민성 스님 시방도 너 오기를 기다리고 계실

것이다. 너하고 그 스님하고는 묘한 인연인 것 같다."

할아버지는 돌아앉아 대통에 담배 가루를 쑤셔 넣었다. 슬픈 운명을 생각하고 있었다. 하얀 재 덮인 화로 속에 대통을 집어넣으면서 물부리를 빨았다. 볼이 우묵 들어가도록 힘껏 빠는데 연기가 나오지 않았다. 불이 꺼진 듯싶었다. 밥상을 내다놓고 화로를 들고 가서, 부엌 아궁이에서 알불을 담아다 할아버지 무릎 앞에 놓았다.

어머니는 집 안의 불씨를 꺼뜨리지 않으려고 무진 애를 썼었다. 불씨는 항상 할아버지가 사용하는 화로 속에 있었다. 밥을 지을 때 부엌 아궁이에 불을 지피려면 반드시 할아버지의 화로 속의 알불 덩이 하나를 소나무 낙엽으로 감싸다가 입바람으로 불어 불을 일으키곤 했다. 그리고 밥과 국을 다 끓인 다음에는 화로에다가 알불을 담고 하얀 재를 얇게 덮었다. 빨리 연소하지 않고 오래 살아 있으라는 것이었다.

"이 할애비는 살만큼 살았은께 죽든지 살든지 괘념하지 말고 얼른 떠나거라."

할아버지의 말이 부엌으로 가는 그의 뒤통수를 때렸다. 어디론가 떠나가는 자신의 모습이 그려졌고 가슴에서 뜨거운 덩어리 하나가 목구멍으로 넘어왔다. 오래전부터 그는 그 운명을 수용하고 있었다. 하늘을 쳐다보았다. 거기 흰 구름 한 장이 떠가고 있었다. 나도 구름이 될 것이다.

할아버지가 근엄한 목소리로 소리쳐 말했다.

"중부야, 얼른 가란 말이다!"

서투른 솜씨로 설거지를 했다. 손목에 닿고 있는 차가운 설거지물이, 어머니가 이 세상으로부터 사라진 사실을 절감하게 했다. 아, 살아간다는 것은 무엇인가. 연못에 물 떨어지는 소리가 들렸다. 조르륵조르륵하는 그 물소리 갈피갈피에 소름 끼치게 하는 정적이 끼어들고 있었다. 그것은 아득한 어린 시절의 어느 날 물속에서 본 푸른 어둠 저쪽의 세계였다.

세상은 둘이었다. 하나는 이승이고 다른 하나는 저승이었다. 연못 속에 저승이 들어 있었다. 그는 그 저승 세상을 경험했다. '저놈의 방죽 메꿔버립시다.' 어머니의 목소리가 들려오고 있었다. 할아버지가 '오냐, 그렇게 하자' 하고 대답했지만 그 연못은 아직 그대로 있었다. 세상이 둘인 것은 연못 때문이 아니다.

그 푸른 어둠 속의 세계를 대면하기 위해 연못으로 다가갔다. 청록색의 수련 잎사귀들은 햇빛을 되쏘고 흰 꽃 스무남은 송이가 피어 있었다. 꿀벌들이 그 꽃의 샛노란 술 속에 머리를 처박은 채 꿀을 빨고 있었다. 그는 수련꽃과 수면에 비친 그림자를 번갈아 보았다. 늘 해오던 생각을 또 했다. 저 꽃이 진짜인가 물속에 투영된 그림자가 진짜인가. 꽃의 세상은 이승이고 그림자의 세상은 저승인가. 저승을 눈앞에 두고 사는 것은 끔찍한 일이었다. 그 끔찍한 삶으로부터 벗어나고 싶었다. 운흥사의 그 스님이 나를 절로 보내라고 한 것은 그 끔찍한 삶의 윤회로부터 벗어나게 하려는 것인지도 모른다. 나의 운명은 오래전에 누군가에 의해서, 절로 들어가 중노릇을 하고 살도록 마련되어 있었던 모양이다.

그날 한밤중부터 할아버지가 설사로 말미암아 측간을 들락거리고 토악질을 하기 시작했다. 할아버지는 자기를 부축하려 하는 초의를 뿌리쳤다. 한시 바삐 집을 나가라고 그의 등을 떠밀었다. 그러나 그는 할아버지 옆을 떠나지 않았다.

할아버지는 이튿날 해질 무렵에 심한 경련과 함께 숨을 거두었다. 그는 아버지 어머니의 경우와 마찬가지로 발대로 할아버지의 주검을 말아 지게에 짊어졌다. 집 안에는 고요가 켜켜이 쌓여 있었다. 죽음 같은 그 고요를 연못의 물 떨어지는 소리가 깨뜨렸다. 대문 밖의 골목길 아래쪽에서 누군가가 통곡을 하고 있었다.

"안 돼! 안 돼! 너 죽으면 안 돼애!"

사팔이의 어머니였다. 사팔이가 죽어가는 모양이었다. 사팔이는 그와 동갑이었다. 서산 위의 하늘이 핏빛으로 타올랐다. 그 붉은빛이 세상을 온통 핏빛으로 색칠했다. 그는 그 핏빛 때문에 어지러웠다. 비틀거리며 선산 기슭으로 올라갔다.

할머니의 무덤 옆에 구덩이를 팠다. 초여드레 달빛 아래서 땀으로 멱을 감은 채. 주검을 매장하고 났을 때 그는 물 젖은 걸레처럼 지쳐 있었다. 샘물을 벌컥벌컥 들이켜고 멱을 감고 집에 돌아오자마자 잠에 떨어졌다.

불타는 죽음의 집

　아침에 눈을 떴으나 몸을 일으킬 수가 없었다. 몸이 천 근이나
된 듯싶었다. 이제 그가 죽을 차례라고 생각했다. 내 주검은 누가
짊어져다가 매장할까. 죽은 다음의 일을 걱정하고 있는 스스로가
한심스러웠다. 그을음 때문에 거무칙칙한 서까래가 드러나 있는
천장을 쳐다보았다. 또다시 악몽을 꾸고 있는지도 모른다고 생각
했다. 혀끝을 아프게 깨물었다. 아팠고, 그것은 현실이었다. 배가
고팠다. 밥을 지어 먹어야겠다고 생각했다. 솥을 씻었다. 이제 할
아버지도 돌아가셨는데 쌀을 아낄 이유가 없었다. 쌀만 씻어 밥을

안쳤다. 할아버지의 방에 동그마니 놓여 있는 화로에서 알불을 꺼냈다. 이제 이렇게 해먹는 밥이 마지막이다. 나 죽은 다음이면 이 화로의 알불도 죽게 될 것이다.

마른 소나무 잎사귀들 속에 알불을 넣고 입바람으로 불었다. 불이 붙었다. 아궁이에 넣고 가지를 꺾어 얹었다. 야울거리는 불길이 그를 멍해지게 했다. 야울거리는 불길 앞에서 몽롱해졌다. 반찬 장만을 하는 어머니를 위해 불을 지펴주면서 그는 늘 몽롱해지곤 했었다. 타는 불길은 스스로를 잊어버리게 하는 마력을 가지고 있었다. 문득 집에다가 불을 질러버리고 싶은 충동이 일었다. 아궁이의 불 속에 할아버지 모습이 들어 있었다. '집에다가 불을 질러버리고 떠나거라. 다 잊어버리고 떠나거라. 여기 머물러 있다가는 너도 죽는다. 너마저 죽는다면 우리 집안 문 닫는다. 빨리 떠나거라. 운홍사로 그 스님 찾아가서 당분간 거기서 살게 해달라고 해라.'

밥이 끓었다. 뜸 들기를 기다렸다. 뒤란에서 샘물을 떠왔다. 밥을 펐다. 밥을 물에 말아 후룩후룩 먹었다. 나무청에다가 땔나무를 쌓았다. 괴나리봇짐을 챙겼다. 할아버지에게서 배운 『대학』 『논어』 『맹자』 『중용』 『시경』 『주역』 노자 장자 책들을 봇짐 속에 넣었다. 벼루와 붓과 종이와 연적도 넣고 그림들도 넣었다. 이제 부엌에 불을 놓기만 하면 활활 타버릴 터였다. 한데 막상 그렇게 하려고 하니 용기가 나지 않았다. 괴나리봇짐을 방 한가운데로 던졌다. 가긴 어디로 간단 말인가. 어디에서 누가 나를 받아준단 말인가.

방으로 들어갔다. 드러누웠다. 할아버지가 마시던 앵속 달인 물을 벌컥벌컥 들이켰다. 죽어도 여기서 죽고 살아도 여기에서 살자. 여기저기에서 바가지로 마룻장 긁어대는 소리가 들려왔다. 삐그덕 삐그덕…… 고추와 목화씨 태우는 냄새가 흘러들었다. 또 누군가가 죽었는지 울음소리가 들려왔다.

그때 마당에 무슨 기척인가가 있었다. 내다보니 누렁이 한 마리가 어슬렁거렸다. 꼬리를 길게 늘어뜨리면서 툇마루로 가까이 온 누렁이는 방 안을 들여다보았다. 눈빛이 흐려져 있었다. 마을의 개들이 모두 미친 것이었다. 매장해줄 사람 없는 시체를 뜯어먹고 미친 것이었다. 정수리와 등줄기에 전율이 일어났고 온몸에 소름이 돋았다.

이렇게 머물러 있다가는 나도 죽어가게 된다. 죽은 내 몸을 저 개가 뜯어먹을 것이다. 떠나자. 할아버지의 말대로 운흥사로 가는 것이다.

괴나리봇짐을 짊어졌다. 몽둥이를 들고 개를 대문 밖으로 쫓아냈다. 개는 목에 털을 세우면서 슬금슬금 골목길로 사라졌다. 그는 부엌 나무청으로 갔다. 알불을 가랑잎에 싸들고 입바람으로 불었다. 불이 일어났다. 그것을 나무청에 던졌다. 나무청 안에 새빨간 화염이 소용돌이쳤다. 연기와 불길이 지붕으로 치올라갔다. 순식간에 불길이 지붕 전체를 집어삼켰다. 나무청에서 번진 불길 한 자락이 안방을 먹어 치웠다. 지붕의 불길이 사랑채로 번져갔다. 그는 불을 피해서 골목으로 달아났다.

불이 났다고 소리쳐주는 사람은 아무도 없었다. 물론 그 불을 끄겠다고 물동이에 물을 퍼가지고 오는 사람도 없었다. 그는 불길에 휩싸인 그의 집이 우지끈하고 무너지는 것을 보고 마을 밖으로 도망쳐 나갔다. 들판 한가운데로 나와서 집을 돌아보았다. 화마로 말미암아 무너진 집에서는 검은 연기만 무럭무럭 피어오르고 있었다. 들판을 건너 산굽이를 돌아가다가 다시 뒤를 한 번 돌아보았다. 연기가 가늘어져 있었다. 그제야 그는 땅바닥에 주저앉았다. 어헉어헉 하고 통곡을 했다.

'할아버지, 저는 찬바람이 나도 안 옵니다. 아무도 없는 고향엘 무얼 하러 옵니까?'

그는 몸을 일으키고 걸었다. 가다가 한 나그네를 만나 남평 덕룡산 운홍사로 가는 길을 물었다. 검은 갓에 흰 두루마기에 흰 바랑을 짊어진 나그네는 발을 멈추고 길을 가르쳐주었다. 그대로 줄곧 가면 나루터가 나올 것이라고, 그러면 나룻배를 타고 강을 건넌 다음 길을 물어 가라고.

三

사람은 누구든지 태어나고 성장하면서 많은 빚을 안은 채
살지 않을 수 없는데, 그 빚을 되돌려주는回向 삶을 살아야 한다.
부자는 부자대로 깨달은 자는 깨달은 자대로 자기보다 못 살거나
박해받는 자에게 되돌려주어야 한다.

초의

동전 두 닢, 그 영원한 빚

나룻배에는 아낙, 앳된 처녀, 나그네 두 사람이 타고 있었다. 알상투에 구레나룻 무성한 나룻배 사공이 바야흐로 나루터에서 배를 띄우려고 했다.

초의는 달려가면서 나룻배를 향해

"저랑 같이 갑시다아."

하고 소리쳤다. 사공은 흰 바지저고리에 초립을 쓰고 괴나리봇짐을 진 초의의 위아래를 훑어보고는 삿대로 그의 앞을 막았다. 초의는 어찌할 바를 모르고 말없이 사공의 얼굴을 건너다보기만 했다.

"니가 삼향에서 온 것 모를 줄 아냐? 너를 태웠다가는 나하고 우리 식구들 다 역질에 걸려 죽을 판인디 내가 미쳤다고 너를 태워주 것냐?"

사공은 배를 돌려 노를 젓기 시작했다.

내가 삼향 사람인 것을 어떻게 알았을까. 초의는 순간적으로 거짓말을 해야 한다고 생각했다. 도리질을 세차게 하면서 소리쳐 말했다.

"아니요, 절대로 아닙니다. 사공 어른, 나는 이로말에서 온 사람입니다. 보십시오. 남평에 있는 절로 공부를 하러 가는 길입니다."

바랑 속에서 책들을 꺼내 보였다. 사공은 속지 않았다.

"몰골을 보니 송장 몇을 쳐내고 시방 도망을 치고 있는 것이 틀림없어. 내가 사람 한둘 건네준 사람인 줄 아냐? 척 보면 삼천리다. 니 얼굴이 시방 사색이여. 코째기 내기를 하면 해도 느그 식구들이 다 죽든지 어쨌든지 했을 것이다. 니 얼굴에 그대로 판 백혀 있어."

사공은 매정스럽게 노를 저었다. 배는 강 한가운데를 향해 나아갔다. 초의는 발을 동동 구르면서 통사정을 했지만 사공은 흥 하고 콧방귀를 뀌기만 했다. 그는 그 자리에 주저앉았다. 땅거미 같은 절망이 눈앞을 가렸다.

한데 잠시 뒤 배를 저어가던 사공이 노젓기를 멈추었다. 배 위의 아낙이 사공에게 배를 돌리라고 말하고 있었다. 자기가 잘 아는데 저 총각은 이로말에서 온 거라고 하면서.

사공이 아낙에게

"아줌씨, 그 말 사실이요?"

하고 다짐을 받았다. 아낙이 말했다.

"나도 식구들 아홉이 달린 사람인디 삼항에서 온 사람하고 함께 건너가고 싶것소?"

사공이 배를 돌렸다. 나루터 쪽으로 노를 저으면서 초의를 향해 소리쳐 물었다.

"이 아낙이 이로마을 서당 집 아줌씨라는디…… 니가 그 서당에 댕긴 폰개 맞냐?"

아낙이 몸을 일으키면서 사공을 향해

"아따, 이 사공 평생 거짓말쟁이들하고만 이웃하고 살았구만 잉!" 하고 앙칼부지게 말을 하고 나서 초의를 향해 물었다.

"이때까지 어째서 우리 서당에 안 다니는가 했더니…… 시방 어느 절로 갈라고 나섰소?"

초의는 속에다 화롯불을 들이붓는 듯싶었다. 가슴에서 뜨거운 덩어리 하나가 넘어와 목을 막았다. 울음이 터질 것 같아 이를 앙 다물었다. 돌아가신 어머니가 떠올랐다. 무어라고 대답을 하고 싶은데 혀가 말을 들어주지 않았다. 멍청히 서 있기만 했다. 뱃머리가 나루 머리에 닿았고 아낙이 한 손을 내밀어 그의 손을 끌어올렸다.

그녀가 배에 오른 초의에게 물었다.

"폰개 총각 글공부를 그렇게 잘한다고 훈장 어른이 입이 닳게 칭찬을 해쌓더니…… 아주 과거 볼라고 작심을 하고 나섰는 모양이네?"

마침내 뜨거운 덩어리가 입 밖으로 솟구쳐 나왔다. 초의는 어헉어헉 하고 울었다. 아낙이 그의 등을 어루만지기도 하고 토닥거려주기도 하면서 타이르듯이 말했다.

"혹시 절 스님들이 잘해준다고 머리 깎고 중 돼뿔지는 마시요. 폰개 총각 같은 영특한 사람은 과거에 장원급제해갖고 우리 같은 무지렁이들한테 좋은 일을 해야지라우, 잉?"

나룻배는 급류를 헤치며 나아갔다. 이물 쪽에 앉은 처녀가 가끔씩 초의를 흘긋 보곤 했다. 햇살은 유리 파편처럼 투명하고 찬란했고, 물결은 수정처럼 반짝거렸다. 흰 구름이 남에서 북으로 가고 있었다. 뱃머리에서 멀지 않은 곳에 검푸른 물너울이 일고 있었고, 그 상공에서 갈매기 떼가 선회하다가 물고기 사냥을 하고 있었다.

"안 태워줄 사람 태워준 본정이나 알고 뱃삯이나 곱절로 내소."

용당에 배를 댄 사공이 말했다.

초의는 눈앞이 아찔했다. 노자가 한 푼도 없었다. 참담함과 창황 중에 그것을 챙길 여유도 없이 집을 불 질러버린 것이었다. 그는 얼떨떨한 눈으로 사공의 얼굴을 멍히 건너다보기만 했다. 나그네

둘과 처녀와 아낙이 앞장서서 내렸다. 사공이 손을 내밀면서 재촉했다.

아낙이 짜증스럽게 사공을 흘기면서

"갈 길 먼 사람 복장 자꾸 건드리면 복 못 타사요."

하고 편역을 했다.

"이 아줌씨가 어쩐다고 치마폭으로 온 세상을 다 감쌀라고 드는 것이여?"

하고 나서 사공은 초의 앞에 손을 내밀었다.

"왜 멀뚱멀뚱 쳐다보기만 하는 것이여? 나루 삯 얼른 내고 내릴 일이제?"

초의는 기어들어가는 소리로

"사실은 돈이 한 푼도 없구만이라우."

하고 말했다. 사공이 초의를 노려보며 말했다.

"뭣이여? 공짜로 나루를 건널란다고? 본께 지름장시 아들도 아닌 것 같은디 어째 이리 밑구녁이 미끌미끌하다냐? 정 뱃삯 못 내겠그던 좋은 수가 있네. 그냥 이 배 타고 되건너가드라고."

사공은 가차 없이 몸을 돌리더니 삿대를 짚어 뱃머리를 돌렸다. 초의가 두 손을 비비면서 한 번만 적선을 하는 셈치고 그냥 내려달라고 말했다. 나중에 잊지 않고 곱으로 뱃삯을 치르겠다고. 그러나 사공은 쌀쌀맞게 말했다.

"내일 보자는 양반 안 무서운 법이여."

초의는 사공에게 다가가서 두 손을 모아 빌어야 한다고 생각했다. 그러나 그는 그렇게 하지 않았다. 사공을 따라 되건너가서 품을 들여 돈을 벌어가지고 떳떳하게 뱃삯을 치르고 강을 건너자고 생각했다.

한데 뭍에 내린 아낙이 사공을 향해

"그 총각 뱃삯 옛소."

하고 앙칼지게 소리쳐 말하며 동전 한 닢을 내밀었다. 사공이 잠시 주춤하더니 그것을 받았다. 초의가 배에서 내리고 나자 아낙이 사공을 향해

"아이고, 독사가 따로 없네이."

하고 말했다. 사공이 빈정거렸다.

"나도 흙 파묵음스롬 이 짓거리하는 것이 아닝께."

나그네들은 총총 길을 가버렸고 나룻배에서 내린 처녀는 초의에게 등을 돌린 채 강물을 내려다보고 서 있었다. 아낙은 초의에게 어디 사는데 어떤 일로 어디엘 가느냐고 물었다. 초의는 땅바닥에 주저앉으면서 울먹거리며 말했다. 역질로 말미암아 죽은 할아버지와 아버지 어머니를 매장하고 남평 운흥사를 찾아간다고.

아낙이 다가오더니 동전 한 닢을 더 그의 손에 쥐어주었다. 그가 받지 않겠다고 했지만, 아낙은 한 손으로 초의의 손등을 밑에서 받치고 다른 한 손으로 손가락들을 오그려 힘껏 눌러주었다.

"줄곧 가면 덕진포 주막이 나올 것인께 거기서 내 말하고 하룻

밤을 묵으시오. 오래전에 그 주막에서 심부름을 했는데, 그때 순님이라고 불렀구만요. 내가 일가 누님이 된다고 하면 밥 먹여주고 하룻밤 그냥 재워줄 것이오."

하고 나서 아낙은 구룡포로 건너가는 배를 타야 한다며 처녀를 앞세우고 들판길로 들어섰다. 초의는 아낙을 뒤쫓아가면서 울음 섞인 목소리로 말했다.

"아주머니가 어디 사는 누구인지 알아야 장차 이 은혜를 갚을 것 아닙니까?"

아낙은 자기가 품팔이를 하면서 떠도는 사람이라 일정한 주거가 없다고 했다. 초의는 그 자리에서 무릎을 꿇고 앉으면서 아낙을 향해 하소연하듯이 말했다.

"그럼 이 은혜를 어떻게 갚아야 합니까?"

그 아낙은 뒤돌아서서 빙긋 웃으며

"먼 훗날 그 돈 받을 사람이 따로 있을 것이오."

하고 나서 총총히 가버렸다. 아낙과 처녀가 밟아가는 길은 나지막한 산모퉁이를 휘돌아 뻗어 있었다. 아낙은 초의를 향해 빨리 가라고 손사래를 쳐주었지만 처녀는 그를 돌아보지도 않았다. 초의는 아낙과 처녀가 산모퉁이 저쪽으로 사라졌을 때에야 나그네들이 밟아간 길로 들어섰다.

덕진포 주막에서 저녁 요기를 하고 봉놋방에서 잠을 자고 밖으로 나오자 주인이 그에게 싸리 빗자루를 내주며 마당과 사립 안팎을 쓸라고 말했다.

"이 사람아, 공짜 밥이 어디 있다냐? 아침까지 든든하게 얻어먹고 길을 나설라면은 밥값을 해사제잉."

주인의 목소리는 아낙들의 목소리처럼 가느다랗고 야들야들하면서 낭창거렸다. 초의는 빗자루를 손에 들면서 주인의 얼굴을 흘긋 건너다보았다. 여자의 얼굴처럼 곱다랗고 턱에 수염이 나지 않았다.

빗자루를 잡긴 했지만 어디서부터 어떻게 쓸어야 하는지 알지 못해 어리둥절한 채 잠시 사립 안팎과 마당을 살폈다. 주인은 툇마루에 엉덩이를 붙이고 앉았다.

"어디 우리 초립동, 어디서부터 어떻게 마당을 쓰는지 좀 보자. 농삿집 마당 쓰는 것 다르고, 절집 마당 쓰는 법 다르고, 아흔아홉 칸짜리 고대광실 앞마당 뒷마당 쓰는 법 다르고 주막집 마당 쓰는 법 다른 법이여. 먼 말인지 알어, 잉? 어디서부터 쓸기 시작해갖고 어디서 쓰레기를 모아 쳐내야 하는 것인지를 척 봐갖고 해내는 요령이 있어야 앞으로 세상살이를 잘하는 법이여."

초의는 먼저 안방과 봉놋방 앞과 부엌 앞마당을 차례로 쓸고 손님맞이용 평상 주위와 동편 사립을 쓸었다. 쓴 쓰레기들을 마당 서편에 있는 측간 옆의 두엄 더미에다가 몰아 붙였다. 사립 밖으로 나가 길바닥을 스무남은 걸음이나 쓸었다.

주인은 마치 새로 들인 중노미의 시험을 치르기라도 하듯 툇마루에 앉아 그의 마당 쓰는 것을 지켜보고 있었다. 길바닥까지를 다 쓸고 난 초의가 주인에게 더 시킬 일이 없는지 물었다.

　"아주 소매 걷은 짐에 평상하고 툇마루하고 봉놋방까지 조끔 훔쳐불소."

　그가 걸레를 집어들고 사립 밖으로 나갔다. 거기 흐르는 도랑물이 있었다. 걸레를 빨아들고 와서 봉놋방부터 훔치고 다음 툇마루를 닦기 시작했을 때, 부엌에서 국밥 한 그릇을 말아들고 평상으로 나오던 주모가

　"애개개개……."

　하고 비아냥거렸다.

　초의는 자기의 툇마루 닦는 솜씨가 시원치 않아 그런다 싶어 얼굴이 뜨거워졌다. 더 힘껏 툇마루를 닦았다. 한데 주모의 화살은 주인에게로 날아가고 있었다.

　"사내 못된 것은 평생 가도 철이 들지를 안 해! 소가지가 노내기 속창아지보다 못하다고. 아아니, 그래 국밥 한 그릇 얻어묵고 머나먼 길 갈 초립동한테 당신 할 일 다 시키고 잖으요? 잉? 인정머리라고는 약에 쓰자도 없구만잉."

　주인이 엉덩이를 떼고 일어서면서 어색하게

　"세상살이가 얼매나 짜고 매운지 가르쳐주자는 것이제잉."

　하고 나서 초의의 옆구리를 질벅거렸다. 걸레를 달라는 것이었

다. 초의는 주인의 손을 뿌리치며

"아닙니다. 제가 마저 다 닦겠습니다요."

하고 전보다 재빠르게 툇마루를 닦았다. 걸레를 다시 빨아가지고 와서 평상도 샅샅이 훔쳐냈다.

"누집 총각인지 몰라도 장차 참 신실한 양반이 되것구만그래."

부엌문 앞에 선 주모가 국밥을 먹고 있는 초의를 향해 말했다. 덩달아 주인이 끼어들었다.

"앞으로 어디 가서 뭔 일을 하든지 간에 오늘 아침에 마당 쓸고 봉놋방이랑 툇마루랑 평상이랑 훔쳐내끼만 하드라고이. 그러면은 평생 착하다는 칭찬 듣고 살 것이여."

"애개개…… 이 총각이 당신같이 사내 노릇도 제대로 못 하고 중노미 노릇이나 하고 살 사람으로 보이오? 내가 상을 본께 장차 공부 많이 해갖고 당상관을 지낼 상이구만."

운홍사 가는 길, 인연의 고리

길 가는 사람이나 들밭에서 일하는 사람에게 남평 덕룡산 운홍사 가는 길을 물었다. 도중에 갓 쓰고 괴죄죄한 두루마기 차림을 한 지필묵 장수 한 사람을 따라 잠완재岑浣峙를 넘고, 그가 가르쳐 주는 대로 금마 원정을 거쳐 다소茶所 마을로 들어섰고, 싸리정골을 지나 중고개를 넘었다. 덕룡산을 왼쪽에 끼고 일봉산을 향해 들판을 건넜다. 덕룡산은 아득하게 드높았다. 산정은 검푸른 색에다 자주색을 약간 가미해 칠해놓은 듯한데, 그가 서 있는 쪽의 골짜기로 석양의 거무스레한 그늘이 내리고 있었고 거기에는 옥색 이내

嵐가 안개처럼 서려 있었다. 일봉산 산마루는 거대한 황소 등처럼 밋밋했다. 산마루의 숲은 석양의 빗긴 햇살을 받아 연둣빛을 뿜고 있었다.

드넓지 않은 들판 양옆의 산기슭에 삼십여 호쯤 되는 사하촌寺下村이 있었다. 그 마을 앞의 주막을 지나 얼마쯤 가다가 발을 멈추었다. 무슨 소리인가가 들려왔다. 어둥한 골짜기를 울리는 퉁퉁하고 걸걸한 소리와 청아하면서 요염한 소리. 어디에서 들려올까. 소리 들려오는 곳을 찾아 두리번거리다가 그게 환청이라는 것을 알아차렸다. 환청을 일으킨 것은 길 양옆에서 마주 보고 서 있는 한 쌍의 돌장승이었다. 돌장승과 마주섰다.

시성詩聖들의 시나 하늘의 말을 제대로 읽어내려면 마음의 귀가 열려야 한다고 할아버지가 그랬었다. 두 장승의 눈들이 퉁방울 같았다. 상원주장군, 하원당장군. 남장군의 얼굴은 광대뼈가 튀어나왔고 여장군의 얼굴은 넙데데했다.

환청을 일으킨 데에는 까닭이 있을 것이라고 생각되었다. 나를 못 들어가게 막는 소리 아닐까. 장승은 부정한 사람의 출입을 막는다고 하지 않던가. 역질 도는 마을에서 시신을 여럿 치우고 온 사람은 신성한 도량에 들어가지 못한다고 소리치고 있는 것 아닐까.

초의는 길 한가운데 선 채 남장승과 여장승을 번갈아 보았다. 그때 절 쪽에서 키 작달막한 앳된 스님이 바쁘게 걸어오더니 그의 앞에서 발을 멈추었다. 초의는 반가웠다. 그렇지 않아도 누군가에게 벽봉 스님을 좀 만나게 해달라고 청하고 싶던 차였다. 초의는 그 앳된 스님을 향해 머리를 깊이 숙였다. 한데 오히려 앳된 스님 쪽에서 먼저 말을 걸었다.

"처사님, 혹시 벽봉 스님을 찾아온 것이 아닌지요?"

그렇다고 하자 앳된 스님은

"시방 스님께서 처사님을 기다리고 계십니다. 소승을 따라오십시오."

하고 앞장서서 걸었다. 아니 절 안에 살고 있는 벽봉 스님이 어떻게 먼 데 살고 있는 내가 이 시각에 자기를 찾아오고 있음을 알아차렸을까.

"왜 인제사 왔어요?"

앳된 스님이 앞장서서 가며 말했다.

"우리 큰스님 거의 날마다 문득, 여기엘 나가서 스님 찾아온 초립동이 있지 않은지 살펴보고 오라고 하셔요. 작년 이맘때부터 그랬어요."

일지문을 거쳐서 사천왕문 앞을 지났다. 양쪽에 서 있는 거대한 사천왕의 험상궂은 얼굴과 퉁방울 같은 눈을 보고 뒷걸음질을 쳤다. 들고 있는 칼과 철퇴가 금방 그의 목과 머리를 내리칠 것 같았다. 그 사이에 앳된 스님은 여남은 걸음이나 앞장서 가고 있었다.

법당 오른쪽 모퉁이에 있는 요사채에서 동북쪽 산중턱으로 삼백여 걸음 돌아간 곳에 자그마하고 나지막한 기와집이 한 채 있었다. 문 위에 평산굴平山窟이라는 현판이 걸려 있었다. 앞장선 앳된 스님이 댓돌 앞에서 발을 멈추고 안을 향해 나지막한 소리로

"큰스님, 손님을 모셔왔습니다."

하고 말했다. 얼마쯤 뒤에 발이 걷히고 반백의 스님이 얼굴을 내밀었다. 마루에 선 스님은 앳된 스님 뒤에 선 초립동 초의를 그윽이 바라보다가 물었다.

"너 나주 땅 삼향에서 온 중부 아니냐?"

초의는 정중하고 공손하게 머리와 허리를 구부리며 네, 그렇습니다, 하고 대답을 하려 했다. 한데 웬일인지, 벽봉 스님을 대하자마자 몸속 어디에서인가 불같이 뜨거운 기운이 솟구쳐 올라왔고, 그것이 목구멍을 통해 쏟아져나갔다. 울음이었다. 처음에는 고개를 깊이 떨어뜨리면서 어흑어흑 하고 울기 시작했는데 울음이 점차 격렬해졌다. 울음 때문에 두 다리가 몸을 지탱하지 못했고 그는 무릎을 꿇었다. 두 손을 짚고 엎드리면서 "어헉 어엉, 어헉 어엉" 하고 울어댔다. 앳된 스님이 그를 부축해서 일으키려고 했지만 그의 늘어진 몸을 들어올릴 수가 없었다. 벽봉이 댓돌로 내려와서 팔하나를 끌어당겨 안았다. 앳된 스님이 뒤에서 엉덩이와 허리를 떠받쳐올려 밀었다. 초의는 온몸의 맥을 풀어버리고 통곡을 했다. 벽봉이 새우처럼 구부린 그의 몸을 보듬고 안으로 들어갔다. 그를 초석 위에 눕혔다. 그런 뒤로도 그는 울음을 그치지 않았다. 그는 인사불성이 된 채 울고 또 울었다.

과식한 음식으로 말미암아 체한 사람이 그것을 토해내는 것처럼 영혼 구비구비에 서려 있는 울음을 게워내고 있었다. 오줌줄과 항문이 막혀 있어 내보내지 못하고 있던 소장과 대장의 오물들까지를 모두 목구멍을 통해 토악질하는 환자처럼 그는 온몸의 세포 사이사이에 스며 있던 슬픔의 입자들을 토해내고 있었다.

한밤중이 될 때까지 울어대던 초의는 새벽이 되면서 지쳐 잠이 들었다. *끄윽끄윽* 하는 울음의 찌꺼기가 남아 있었다. 날이 번히 새었을 때에야 눈을 떴다. 그때까지 벽봉은 그의 옆에 무릎을 꿇고 있었다. 그는 몸을 일으키자마자 벽봉 앞에 엎드려 머리를 조아렸다.

벽봉은 초의의 머리를 쓰다듬어주고 앳된 스님에게 말했다.

"산영아, 중부 이놈 여기까지 걸어오느라고 땀 흘리고 우느라고 땀 흘리고…… 온몸이 소금으로 절어 있을 것이다만 공양 먼저 함께 하고, 동골 시내로 데리고 가서 먹 감긴 다음 빨아놓은 니 새 옷 한 벌 내서 입히고, 그리고 한 사흘 동안만 먹고 자게 했다가 다감 茶監 스님한테 데려다줘라."

밥을 먹고 나서 동골 시내로 가면서 초의는 간밤의 꿈을 떠올렸다. 울음 우는 사람들만 득시글거리는 곳엘 갔었다. 숨이 막히도록 울었다. 울고, 울고 또 울어도 울음은 한없이 솟구쳐 올라왔다. 무엇이 그렇게도 서러웠던 것인지 알 수가 없었다. 그는 한 몸이 아니고 두 몸이었다. 우는 자기와 우는 자기를 지켜보는 자기가 따로 있었다. 어느 쪽이 실체이고 어느 쪽이 그림자일까. 아니다. 나는 지금 꿈을 꾸고 있는지 모른다.

"나는 산영이다. 큰스님께서 지어준 이름이다."

얼음같이 차가운 시냇물 속에 몸을 담가 씻으면서도 같은 생각을 했다. 역질이 도는 삼항마을에 남아 있는 자기가 하나 있고, 그 마을을 벗어나서 나룻배를 타고 강을 건너고 들길을 걸어오고 덕진포 주막에서 국밥을 얻어먹고 마당을 쓸어주고 지금 운흥사엘 와서 먹을 감고 있는 자기가 또 하나 있다고 생각했다.

먹을 감고 나자 잠이 왔다. 산영이 깨워서 다시 공양을 하고 들어와서는 또 저녁 공양 때까지 잤다. 산영을 따라 법당으로 가서 예불을 하고는 또 잤다. 새벽에 산영이 깨워서 도량석을 하면서도 졸고 예불을 하면서도 졸았다. 아침 공양을 하고 방에 들어가서 또 잤다. 그날도 내내 전날처럼 먹고 자고 먹고 자고 했다. 어디 들어 있던 잠이 그렇게 몰려오는 것인지 알 수 없었다. 이제는 그만 자자고 아무리 독한 마음을 먹고 이를 악물어도 밀려드는 잠을 이겨 낼 수가 없었다. 나흘 동안을 그렇게 내리 먹고 자고를 계속하고 나서야 간신히 잠을 이길 수 있게 되었다.

산영이 그를 다감 스님에게 데려다주었다. 다감은 흑회색의 일복을 입은 중늙은이 스님이었다. 거무접접한 얼굴에 곰 자국이 가득하고 몸집이 퉁퉁하고, 손이 나무바가지처럼 컸다. 초의가 합장을 하고 절을 하자 다감은

"나주 삼향에서 왔다고? 일손 부족하더니 마침 잘 됐다."

하고 컬컬한 목소리로 말했다. 초의의 얼굴과 몸 여기저기를 살피던 다감은

"나는 염불 잘하는 행자보다는 허리 아프다 배고프다는 소리 안하고, 꾀 안 부리고 가을 겨울에 착실하게 차나무 잘 건사하고, 봄에 찻잎 부지런히 잘 따고 잘 덖는 행자를 제일로 친다잉."

하고 말했다.

다감 앞에는 행자 스무남은 명이 모여 있었다. 그들의 눈길이 초의에게로 날아왔다. 초의는 고개를 떨어뜨리고 그들 속에 합류했다. 다감은 산을 향해 가면서 말했다.

"나주 삼향 땅에서 온 장 행자다. 누가 차나무 밑동에다가 낙엽 긁어다가 덮어주는 것 잘 가르쳐줘라. 다 똑같은 처지인께 좀 먼저 들어왔다고 잘난 체 으스대지 말고 따돌리지도 말고 서로 잘 지내야한대잉."

차 따는 행자

　이듬해 봄, 곡우가 보름 지났다. 닷새 후면 하지였다. 해가 서산
으로 기울어지고 있었다. 따분하고 긴긴 하루였다. 초의는 찻잎을
따고 있었다. 무당의 삼지창처럼 생긴 샛노란 차 잎사귀들만 추려
땄다. 돌돌 말려서 아직 피지 않아 창처럼 생긴 것 하나를 '창'이라
고 하고, 약간 풀린 것 둘을 '기'라고 하는데, 그 밑부분에 달린 부
드러운 연두색의 순 하나까지를 따는 것이었다.
　"차 맛 가운데서 깊은 맛은 이 순에서 나오고 그윽한 맛하고 약
간 달키한 맛은 '창'하고 '기'에서 나온다잉. 너무 뻣뻣하게 커버

린 순이 섞이면은 안 돼. 그것은 써서 차 맛을 떨어지게 하는 법이여. 그리고 그것은 나중에 가루가 돼갖고 주전자 구멍만 막히게 한다잉."

다감 스님이 가르쳐준 대로 땄다.

허리에 새끼줄로 된 띠를 두르고 무명베로 된 자루 주둥이를 묶어 매달았다. 자루는 아랫배와 가랑이 앞에서 털렁거렸다. 그 자루 속에 찻잎을 따 넣는 것이었다.

배가 고팠다. 그렇지만 먹을 것은 어디에도 없었다. 입에 군침이 돌고 배 속에서 꼬르륵 소리가 나더라도 참아야 했다. 허기가 지자 맥이 풀렸고 온몸에 식은땀이 솟았다. 중노릇이 이렇게 힘들 줄 몰랐다. 돌아가신 어머니 할아버지 아버지의 얼굴이 떠올랐다. 슬펐다. 땅바닥에 주저앉아 엉엉 울어버리고 싶은 충동이 일었다. 어디로든지 도망쳐버리고 싶은 것을 이 악물어 참으면서 찻잎을 땄다.

그 찻잎을 혼자서 따고 있는 것이 아니었다. 다른 행자들도 따고 절 아랫마을의 남정들 아낙들도 와서 따고들 있었다. 그들도 배가 고프기는 마찬가지일 터였다.

어린 찻잎 따는 일을 끝내고 절로 돌아가야만 저녁 공양을 하게 되는 것이었다. 서쪽 산 너머로 해가 떨어지고 바야흐로 노을이 핏빛으로 타올랐고 골짜기 아래에서 찬바람이 달려왔다. 그렇지만 다감은 그만 따라고 명령할 뜻을 비치지 않고 있었다.

빌어먹을, 하고 초의는 속으로 투덜거렸다. 이 차 따서 무얼 하는가. 이날 찻잎을 따고 절로 들어가서는 또 밤새워 찻잎을 가마솥에 넣어 덖어 말릴 것이고, 다감 스님은 말린 차 넣은 봉지들을 이튿날 주지 스님에게로 가져다줄 것이다. 주지 스님의 방에는 차 담긴 옹기들이 가득 차 있다.

초의는 찻잎을 왜 따고 그것을 왜 덖어 옹기 속에 보관하는 것인지 이해할 수가 없었다.

"저것을 어디에 쓴답니까?"

궁금증을 이기지 못하고 다감에게 물었다. 얼굴에 곰 자국 많은 다감 스님은 퉁명스럽게

"너는 몰라도 되는 일이다."

하고 말했다. 초의는 가슴속에 뜨거운 것이 주먹처럼 뭉쳐졌다. 삼지창 같은 찻잎 하나를 입에 넣고 씹었다. 풋내가 나면서 쌉쌀하고 떫고 약간 비리직직할 뿐 달콤한 맛은 없었다. 이것을 대관절 왜 덖어 말렸다가 물에 우려 마시곤 하는 것인가.

저녁 공양을 한 다음 초의는 제다실製茶室에서 다른 행자들하고 함께 따온 찻잎을 덖어 말리는 작업을 했다. 남원 박 행자는 아궁이에 불을 뜨겁지 않게 천천히 지피고 초의는 뜨거운 기운이 화끈거리는 까만 가마솥 앞에 앉아 맨손으로 찻잎을 천천히 저으면서 덖었다. 찻잎이 눋지 않도록 헛눈 팔지 않고 끊임없이 저어야 했다. 손끝이 화끈거리지만 주걱을 쓰지 못하게 했다. 주걱은 알맞은 뜨거움의

정도를 감지하지 못하는 것이었다. 그 일을 하는 동안에는 딴 생각, 우스갯소리를 일절 못하게 했다. 오직 차 덖는 일만 생각하게 했고 차의 익음 정도만 살피게 했다. 여차하면 손을 데이고 차가 눌어버리는 것이었다. 눌어버리면 솥에 넣은 것을 모두 버리게 되고, 솥 안을 물로 깨끗하게 헹구어 씻고 누른 냄새가 완전히 없어진 다음 새로이 시작해야 하는 것이었다.

창과 기는 빨리 익는데 순은 늦게 익었다. 첫 번째 덖어 살짝 익은 것을 퍼다가 멍석 위에 놓아주면 하동 서 행자와 광주 오 행자가 쭈그리고 앉은 채 손바닥으로 비볐다. 첫 번째 덖음에서는 창과 기만 익고 순은 약간 덜 익어야 했다. 순이 익을 때까지 덖어버리면 창과 기가 너무 많이 익어 물러버리는 것이었다. 그 정도를 가장 알맞게 조절하는 행자가 초의였다.

다감은 까다롭게 감시 감독을 했다. 덖는 일을 하는 초의는 신뢰하는데 멍석에다 놓고 비비는 행자들은 신뢰하지 않고 일일이 간섭을 했다.

"밀면서 비빌 때는 힘껏 밀어 비비고, 당기면서 비빌 때는 살살 해야 하는 거여. 당길 때도 밀 때하고 똑같이 세차게 해버리면은 찻잎 표면에 상처가 나서 차에서 풋내가 나고 떫은맛이 나는 법이여. 색깔도 진한 푸른빛이 나버리게 되고. 좋은 찻잎을 좋게 덖어 좋게 비벼 좋은 향기 좋은 맛만 나게 해야지, 누른 내 나고 풋내 나게 만들어서 쓰것냐? 잉? 정성이 향기로워야 차도 맛 좋고 향기로운 법이다."

초의는 또 다른 새 찻잎을 가마솥에 넣고 덖어내고, 보성의 김 행자 장흥의 윤 행자가 그것을 자기들의 명석으로 가져다가 비볐다. 한 번 비빈 것을 다시 가져다가 덖어 비비고 그것을 다시 또 덖어 비비기를 반드시 아홉 번 했다. 왜 반드시 아홉 번을 해야 하느냐고 물었다. 다감은, 예로부터 그렇게 하여온 것이니까 그냥 그렇게 하는 것이라고 애매한 대답을 했다. 반드시 아홉 번이라, 왜 반드시 아홉 번일까. 초의는 그 아홉이라는 수가 궁금하여 미칠 지경이었다.

아홉 번 덖어 비벼 말릴 때쯤이면 어린 찻잎들이 바삭바삭해졌다. 그것을 흰 창지 위에 널어 말려두었다가 완전하게 고슬고슬해졌다 싶으면 다감이 손바닥에 넣고 한번 쥐어서 건조의 정도를 확인한 다음 마지막으로 한 번 더 덖어 종이 봉지에 담았다.

부엌 안에 커다란 무덤만 하게 쌓여 있는 찻잎들을 모두 그와 같이 덖어 비벼 말려 봉지에 담고 나서 막 잠들려 하면 새벽 목탁 소리가 도량 안을 울렸다. 다감 밑에서 차 일을 하는 행자들은 모두 잠이 부족했다. 아침에 발우 공양을 하면서도 꾸벅꾸벅 졸았다.

어디론가 도망을 쳐버리고 싶은 충동이 일었다. 그렇지만 참고 해내지 않으면 안 되었다. 도량 안의 모든 스님은 다 그들과 같은 어려운 행자 시절을 겪었다고 하므로.

다감은 초의가 가장 알맞게 잘 덖는다고 칭찬을 하면서 그 일을 초의에게만 시켰다.

"나 죽은 다음에는 우리 삼향 장 행자가 다감 노릇 해야 쓰것다."

다감은 자기의 일을 초의에게 물려줄 뜻을 비쳤다.

초의는 싫었다. 만일 다감이 자기 일을 물려주려 하면 도망치리라 했다. 뜨거운 김이 치솟는 가마 앞에서 찻잎 눋지 않게 젓는 일은 쉬운 일이 아니었다. 땀이 비 오듯 쏟아졌다. 그 땀방울이 솥 속의 찻잎으로 떨어지면 안 되므로 소매로 연신 훔치지 않으면 안 되었다.

초의의 덖는 일만 힘든 것이 아니었다. 덖어 나온 찻잎을 멍석에 놓고 비비는 행자들은 허리와 골반과 다리가 끊어지는 것처럼 아리고 쓰리다고 울상을 짓기도 하고 얼굴을 으등카리처럼 일그러뜨리기도 했다. 그들의 손은 푸른 물이 들고 손바닥이 부르텄고 지문이 없어졌다.

절의 행자들만 그 일을 그렇게 고통스럽게 하는 것이 아니라고 했다. 다소茶所마을에는 차를 파는 가게가 여럿 있다는 것이었다. 다소 주변 마을 사람들 대부분은 차를 만들어다가 그 가게들에다 팔곤 했는데, 그것은 대부분 밀거래라고 했다.

관아에서는 오래전부터 다소의 차 거래를 금했다. 까닭이 있었다. 한양의 왕궁에서는 왕궁대로 조정 대신들은 대신들대로 지방 관아에다가 차를 보내라고 요구하고, 감사 목사 부사 현감 수사 첨사 만호 역장들은 또 그들대로 차를 달라고 손을 벌렸다. 심지어는 관아의 육방관속들까지도 차를 달라고 손을 내밀었다.

토호들의 사랑방과 거기 드나드는 선비들과 그들의 안방 규방에서는 차 마시는 것이 그들의 고귀한 신분을 드러내주는 상징물이 되어 있었다. 고려 때부터 내려오는 그 습속은 조선조에 와서도 계속되고 있었다.

남평 관아에서는 다소 주변의 산에다가 차밭을 조성해놓고 만만한 사하촌 장정이나 아낙들을 징발해다가 찻잎을 따서 덖게 하곤 했다. 군역을 면해주는 대신에 차를 만들어 공납하게 하는 것이었다.

초의는 박 행자 윤 행자와 함께 바랑에 차 봉지를 넣어 짊어지고 다감을 따라 길을 나섰다.

"이걸 어디로 가져가는 거냐?"

초의가 묻자 박 행자가 말했다.

"원님한테 바치러 간다."

다소 뒷산 고개를 넘어가는데 남향의 양지바른 산기슭에 찻잎 따는 사람들이 하얗게 널려 있었다.

"장 행자, 이규보 시 읽어봤냐?"

윤 행자가 물었고 초의가 고개를 저었다.

"굉장히 재밌는 시다…… 관에서는 노인과 어린이를 징발하

여/험준한 산골짜기에서 간신히 따 모아/머나먼 한양으로 등짐
져 나른다네/이는 백성의 애끓는 피와 땀이니/내 시詩의 은밀한
뜻 부디 기억하게나/차밭 모두 불살라 차의 공납 금하면/남녘 백
성들 편히 쉬는 것 이로써 시작되리."

슬프고 아픈 차의 맛과 향기

그날 저녁에 관아에서 돌아와 공양을 하고 나자 산영이 초의를 부르러 왔다. 평산굴로 갔다. 벽봉 스님에게 절을 하고 나자 벽봉이 산영에게 말했다.

"차 한잔 내오너라."

산영이 차를 내왔다. 찻잔에서 번져온 차향이 비릿하고 고소했다. 찻잔을 두 손으로 받쳐들고 오줌 색깔처럼 노릿한 찻물을 들여다보았다. 그 찻잔 속에 허리 아픔과 배고픔과 후끈거리는 가마솥의 열기와 그 앞에서 흘린 땀과 지리하고 따분한 시간들이 담겨 있었다. 차가 두 얼굴을 가지고 있다고 초의는 생각했다. 이것이 대관절 무엇인데 사람들은 이것을 마시려고 가난하고 힘없는 사람들을 그렇듯 들볶는단 말인가. 배가 부르지도 않고 달지도 않은 이 차.

"내일부터는 다감한테 가지 마라. 한 발짝도 밖으로 나가지 말고 여기 있거라. 알겠느냐?"

벽봉이 말했다. 어머니 아버지처럼 훈훈한 정이 번져와 초의는 가슴이 뜨거워지고 울컥 눈물이 솟구쳐 올라왔다.

"어서 마셔라. 그 차 맛이 어떠하냐."

벽봉이 말했다. 초의는 찻잔을 두 손으로 받쳐든 채 입술을 깨물었다.

"농사꾼의 고통을 모르는 자는 쌀밥 이밥만 찾고, 찻잎 따는 자의 고통스러움을 모르는 자는 차향 차 맛 차 색깔만 따지고 가리는 법이다."

그리고 잠시 뜸을 들이고 있다가 타이르듯이 말했다.

"차를 마시되 차를 고마워할 줄 알아야 한다. 차 마시는 사람이 차를 고마워하는 마음은 차 맛이나 차 향기를 뛰어넘는 진짜 사람의 맛 사람의 향기이니라."

차 한 모금을 입에 머금는 초의의 머릿속에 차 덖으면서 가졌던 궁금증이 머리를 들었다. 벽봉에게 물었다.

"큰스님, 차 잎사귀를 왜 하필이면 반드시 아홉 번 덖어 비벼 말리는 것이옵니까?"

벽봉은 말없이 찻잔을 밀어놓으며 허공을 쳐다보았다. 한참 뒤에 말했다.

"글쎄, 아홉이라는 수…… 글쎄다. 장차 니가 알아보도록 해라."

이튿날 아침 일찍이 벽봉은 찬물 목욕을 하고 온 초의의 머리를 손수 깎아주었다. 냇물에서 하얀 머리를 감고 오자 벽봉이 장삼에 가사를 걸쳐주고 나서 말했다.

"이제부터 네 이름은 중부가 아니고 의순意恂이니라."

벽봉이 그를 금강계단으로 데리고 갔다. 계단에는 큰스님들 다섯이 줄지어 앉아 있고 계 받을 행자들 스무 명이 그 앞에 늘어서 있었다. 초의는 그들 옆에 섰다. 큰스님이 계를 내렸다.

살아 있는 것을 죽이지 말라. 이 계를 지키겠느냐 말겠느냐. 능히 지키겠습니다. 남의 것을 훔치지 말라. 이 계를 지키겠느냐 말겠느냐. 능히 지키겠습니다. 음란한 행동을 하지 말라. 이 계를 지키겠느냐 말겠느냐. 능히 지키겠습니다. 거짓말하지 말라. 이 계를 지키겠느냐 말겠느냐. 능히 지키겠습니다. 술 마시지 말라. 이 계를 지키겠느냐 말겠느냐. 능히 지키겠습니다…….

금어

　산영을 따라 시냇물에서 먹을 감고 오다가 평산굴의 방문 앞에
서 발을 멈추었다. 벽봉은 늘 거처하는 방 안에 있지 않았다. 옆방
에 있었다. 거기에서 무얼 할까. 늘어뜨려진 발珠簾 안을 들여다
보았다. 발 안에서 벽봉이 방바닥에 반쯤 엎드려 무엇인가를 하고
있었다. 이 더운 날 무엇을 하고 있을까. 궁금증을 이길 수 없어 좀
더 가까이 다가가서 발을 살며시 젖히고 들여다보았다. 방바닥에
는 흰 종이가 깔려 있었고, 그 종이에는 미완성인 어떤 그림인가가
울긋불긋 그려져 있었다. 벽봉은 그 그림에 색칠을 하고 있었다.

들어가 더 자세하게 들여다보고 싶은 충동이 일었다. 벽봉이 너무 정성을 들이고 있고 또 정신을 모두 집중하고 있으므로 혹시 방해를 할까 싶고, 방해받은 그 스님이 화를 내어 호통을 칠까 싶어 호기심을 억누르고 돌아섰다.

묻지도 않았는데 산영이 말했다.

"우리 큰스님은 금어이시다."

금어金魚가 무엇이냐니까,

"탱화 그리는 스님을 금어라고 한다."

하고 말했다. 그는 다시 탱화가 무엇이냐고 물었다.

"법당 부처님 뒤 바람벽에 걸려 있는 그림이 탱화다."

그 말을 듣는 순간 초의는 아, 나도 금어가 되면 좋겠다, 하고 생각했다. 그림 그리는 붓놀림에 자신이 있었다. 부처님 관세음보살님의 모습을 내 손으로 그린다면 얼마나 좋을까. 초의의 속마음을 읽은 산영이 말했다.

"큰스님은 이 도량 안에서 보배 스님이다. 우리 큰스님 아니면 부처님 장엄할 스님이 없단다. 우리 큰스님은 잠 한숨 자고 나면 이 방에서 탱화를 그리신다. 그뿐인 줄 아냐? 우리 큰스님 못 하시는 것이 없다. 범패도 잘하시고, 바라춤도 잘 추시고…… 단청도 우리 큰스님이 다 하셨다. 부처님 오신 날은 우리 큰스님께서 범패를 하시는데 목소리가 얼마나 통통하고 고운지 꼭 옥통소 소리 같아야. 그날은 바라춤도 추시는데 커다란 호랑나비 한 마리가 너울거리는 것 같아."

나도 벽봉 스님처럼 되어야겠다, 하고 초의는 생각했다. 글씨 쓰고 그림 그리는 솜씨가 아주 뛰어나다고 칭찬해주시던 할아버지의 얼굴이 떠올랐다. 글을 부지런히 읽고 시를 짓고 그림 공부를 조금만 더 한다면 삼절이란 말을 듣게 될 거라고 했었다. 벽봉 스님에게서 공부하여, 삼절만이 아니고 금어도 되고 범패나 바라춤까지도 잘하게 되면 얼마나 좋을 것인가. 남자는 노름질 잡놈질 싸움질만 하지 말고 모든 것을 다 배워야 하는 것이라고 할아버지가 그랬었다.

"우리 큰스님은 이 절 저 절 안 다니시는 데가 없으시다. 단청도 해주고 벽화도 그려주고 범패도 해주고 바라춤도 춰주고…… 나도 장차……."

산영은 더 말을 하려다가 입을 다물었다.

이후 초의는 틈만 나면 평산굴 뒷방 앞에서 서성거리곤 했다. 발 안을 들여다보기도 하고 지나치는 체하면서 벽봉이 문밖으로 나오기를 기다리기도 했다. 한데 스님은 탱화를 얼마나 열심히 그리는지 좀처럼 밖으로 나오지 않았다. 공양도 않고 해우소에도 가지 않고 더운데 먹도 감지 않는단 말인가.

현감 숙부인의 가마꾼이 되어

점심 공양을 하고 평산굴로 가는데 주지 스님이 거처하는 정명각 쪽에서 누군가가 그를 불렀다. 키 헌칠하고 얼굴 기름한 무연이었다. 주지 스님의 상좌였다.

"의순 스님, 이리 좀 와."

초의가 다가가자 무연이

"의순 스님, 오늘 잠시 수고를 좀 해야것어."

하고 말하며 앞장서 갔다. 초의는 겁이 덜컥 났다. 무연이 혹시 나를 다감에게 데려다주려는 것은 아닐까. 평산굴 밖으로 한 발짝도 나가지 말라고 한 벽봉의 말이 생각났다. 그렇지만 아무런 핑계도 대지 못한 채 무연의 뒤를 따라갔다.

무연이 그를 데리고 간 곳은 법당 마루 앞이었다. 거기 귀부인들이 타는 가마 하나가 놓여 있었다. 가마꾼들 넷이 나무 그늘에 앉아 있었다. 얼마 전까지만 해도 순천 박 행자로 불리던 무산이 그들 옆에 서 있었다. 무산의 하얗게 깎은 머리가 햇살을 받아 반짝거렸다. 초의는 눈앞이 아득해졌다. 불길한 예감이 온몸에 소름을 돋게 했다.

"불공드리러 오신 현감 나으리 숙부인께서 돌아가야 하는데 가마꾼 하나가 발을 삐었다는구나. 느희 큰스님한테는 내가 이따가 가서 말을 할 테니까 여기 잠시 기다리고 있다가 손님께서 나오시면은 늬들 둘이가 발병난 가마꾼 대신에 번갈아서 메고 갔다가 오너라. 이리저리 헤아려보고 몸집이 제일로 크고 기운 센 늬들 둘을 골랐다."

무연은 이 말을 하고 나서 주지 스님이 거처하는 정명각 마당으로 갔다.

초의는 기가 막혔다. 남평현감 숙부인이라면, 남평 관아까지 가마를 메고 가야 하는 것 아닌가. 여기서 남평 관아까지 몇십 리나 될까.

"젊은 스님, 가마 메본 적 있소?"

나이 지긋한 가마꾼이 초의에게 물었다. 초의는 도리질을 했다.

113

아직 한 번도 가마를 메본 적이 없었다. 나이 지긋한 가마꾼은 저고리 고름을 풀고 한쪽 소매를 잡아당겨 빼더니 어깨를 보여주었다. 어깨에는 나무껍질처럼 잿빛 나는 못이 박혀 있었다.

"처음이면 여기 멍 자리가 무지무지 아플 것인디. 그라고 현감 나으리 숙부인이 많이 어지럽다고 할 것인디 어쩔거나."

"가마꾼이 서투르면 탄 사람이 가마멀미를 사정없이 하는 법인디 큰일이구만."

체구 큰 가마꾼이

"오늘 잘못했다가는 죽어라고 가마 메고 나서 곤장 상 받게 생겼네이."

하고 말했다.

"젊은 스님들, 한사코 앞사람 옆 사람을 옆눈질함스롬 발을 잘 맞춰야 쓰요이."

"발 잘못 맞추면은 가마가 기우뚱거려 큰일 난단 말이여. 가마 기우뚱거리면은 우리 다 같이 곤장 맞어라우, 알것소?"

"출발할 때는 먼저 오른발부터 띠어야 하는 것이요잉."

소복을 한 현감 숙부인과 주지가 나란히 법당 마당으로 걸어왔다. 그 뒤에 몸종과 무연이 따라오고 있었다. 그들의 모습이 보이자 발병 났다는 가마꾼을 제외한 나머지 셋은 재빨리 세 개의 가마채로 달려갔다. 뒤쪽의 왼편 가마채에만 사람이 붙지 않았다. 나이 지긋한 가마꾼이 무산과 초의를 향해

"누가 먼저 멜 것이요? 얼른 저 뒤채에 가서 붙으시오."

하고 말했다. 무산이 초의를 향해 턱을 쭉 내밀더니 비어 있는 가마채 쪽으로 젖혔다. 초의에게 먼저 가마채를 메라는 것이었다. 무산이 초의보다 먼저 절에 들어온 것이었고, 절밥을 한 끼라도 먼저 먹은 자가 윗사람인 것이었다.

초의는 하릴없이 비어 있는 가마채로 갔다. 발병 난 가마꾼이 절룸거리며 다가와서 가마끈을 어깨에 걸어주고, 꼿꼿이 들고 있는 초의의 뒤통수를 힘껏 눌러 숙이게 해주었다. 초의는 다른 가마꾼들과 마찬가지로 머리를 조아렸다.

주지가 숙부인을 향해 합장을 하고 정중하게 말했다.

"숙부인 마님, 발병 난 저 가마꾼 대신에 우리 아이들 중 힘센 아이 둘을 골라 댔사옵니다. 다소 메는 것이 서투를지 모르지만 해량하시고 부디 편안히 가시옵소서."

키 호리호리하고 얼굴이 달걀형인 숙부인이 주지에게 합장을 하고 나서 가마로 돌아섰다. 오동통한 몸종이 얼른 가마 문을 열어주었다. 숙부인이 안으로 들어가 앉았다.

앞쪽 가마채를 멘 나이 지긋한 가마꾼이 "자아!" 하고 말했다. 다른 가마꾼들이 그 말을 신호로 모두 가마채를 들어올렸다. 오른발부터 옮기기 시작했다. 가마꾼들의 발은 나는 듯이 빨랐다. 그들은 평생 가마만 메고 살아온 장정들이었다.

가마만 메고 사는 사람들의 마을을 가맛골이라 하고, 그곳에 사는 사람들에게는 다른 울력을 면해주었다. 초의는 서른 걸음을 채 옮기지 않아서부터 가마채 멘 어깨와 목 사이가 찍어 누르는 듯 아파왔고 등줄기에 식은땀이 솟고 숨이 가빠졌다.

초의는 자기가 가마를 메고 가고 있다는 게 현실 같지 않았다. 가마채 멘 자리가 화끈거리고 아리고 쓰라렸다. 가마를 멘 쪽 옆구리가 순식간에 바삭바삭 부스러져버리고 윗몸이 가마 쪽으로 쓰러질 것 같았다. 이를 갈면서 참고 용을 쓰며 달렸다. 만일 그가 쓰러진다면 가마는 균형을 잃고 넘어질 것이 분명했다. 그러면 가마에 탄 숙부인이 어찌되는가. 가마가 탈나면 가마꾼들이 곤장을 맞는다고 하지 않던가. 내 한 사람의 잘못으로 다른 가마꾼들로 하여금 곤장을 맞게 해서는 안 된다. 문득 그에게 동전 두 닢을 주던 아낙이 한 말이 떠올랐다. "먼 훗날 그 돈 받을 사람이 따로 있을 것이오." 이를 악물었다. 다른 가마꾼들을 위해서라도 참아야 한다.

그렇지만 꺾여 굽혀지려 하는 옆구리를 그대로 둔 채 갈 수는 없었다. 더 감내할 수가 없어, 윗몸을 약간 오른쪽으로 젖히면서 옆구리를 펴고 잔걸음을 두어 차례 걸었다. 순간 가마가 기우뚱거렸다. 그러자 가마 안에서

"왜 이러느냐! 여봐라, 잠시 멈추어라."

하는 근엄한 목소리가 들렸다. 몸종이 오른쪽 가마채를 멘 나이 지긋한 가마꾼에게 멈추라고 명령했다. 그 가마꾼이 가마를 세우라고 말했다.

"니놈들이 나를 정녕 희롱하려 드는 것이냐?"

숙부인이 호통을 쳤다.

"아이고, 죄송하옵니다. 발병 난 가마꾼 대신에 새로 서투른 스님이 메고 가기 때문에 그런 모양이옵니다요. 다시는 그런 일 없도록 조처하겠사오니 용서하시옵소서."

나이 지긋한 가마꾼이 가마 안을 향해 사죄를 하고 나서 초의를 향해 불량한 눈짓을 하며

"젊은 스님, 정신 똑바로 차리고 메지 않으면 오늘 살아남지 못할 것이오. 알것소?"

하고 말했다. 초의는 머리를 깊이 조아리면서 다시는 그런 일이 없도록 하겠다고 말했다.

초의는 죽을힘을 다해 가마채를 메었다. 아, 지옥이 바로 이것이다. 오 리쯤을 달렸을까 십 리를 달렸을까. 말들이 풀을 뜯고 있는 들판이 나오고 기와집 다섯 채가 줄지어 있었다. 역이었다. 그 역을 지난 다음 오른쪽 앞채를 메는 가마꾼이

"마님, 잠시 쉬어가도록 하겠사옵니다."

하고 말했고, 다른 가마꾼들에게 멈추자고 했다. 초의는 가마채를 내려놓고 나서 길섶에 털썩 주저앉아버렸다.

"이 스님, 아직도 이십 리 길이나 남았는디 벌써 그렇게 파김치가 되면 어떻게 할 것이란가?"

채구 큰 가마꾼이 내려다보면서 힐난하듯 말했다. 나이 지긋한

가마꾼이 무산을 향해

"이참에는 그쪽 스님이 가마채를 조꼼 갈아주시요이!"

하고 나서 누구에게라 할 것 없이

"인제는 다리가 풀렸은께 십 리 가다가 쉬구만잉. 알것제잉?"

하고 말했다.

몸종과 가마꾼들은 지쳐 있는 초의를 아랑곳하지 않았다.

이번에는 무산이 초의 대신 가마채를 메었다. 가마는 다시 달리기 시작했다. 초의는 몸종과 함께 가마 뒤를 따랐다. 그도 쉬운 행보는 아니었다. 발목 삔 가마꾼을 부축하고 가야 하는 것이었다. 발목 삔 가마꾼은 초의에게

"스님, 죄송합니다. 참으로 죄송합니다요."

하고 말했다. 발목 삔 가마꾼의 한쪽 팔을 자기의 어깨 위에 걸친 채 부축하며 지친 걸음을 걷는 초의의 눈은 환히 밝아져 있었다. 세상의 이치가 어렴풋하게 보이고 있었다. 가마에 탄 저 여자는 가마를 메고 가는 가마꾼들의 고달픔을 알고 있을까. 아, 세상에는 가마를 타고 가는 사람들과 가마를 메고 가는 사람들, 이렇게 두 패로 갈려 있다. 가마 타는 사람은 가마 메는 사람들의 아픔을 모른다. 그것을 안다면 마음 편하게 타고 갈 수가 없을 것이다. 마음 편하게 타고 갈 수 없는 사람은 걸어서 가려 할 것이다. 나는 앞으로 절대로 사람이 메는 가마를 타지 않을 것이다.

가마는 덕곡의 남창을 지나고 가파른 다금재 밑에서 쉬었다. 이

제부터는 무산 대신 초의가 가마를 메야 하는 것이었다. 빈몸으로도 넘기 가파른 재를 가마를 메고 어떻게 넘어갈 것인가.

숙부인이 가마 밖의 몸종을 향해 무어라고 귀엣말을 했다. 몸종이 나이 지긋한 가마꾼에게 다시 귀엣말을 했다. 나이 지긋한 가마꾼이 다른 가마꾼들에게 눈짓을 하고 숲속으로 몸을 피해주었다. 무산과 초의도 그들을 따라갔다.

"먼 일이라요?"

무산이 덩치 큰 가마꾼에게 물었다. 그 가마꾼이 "쉬이!" 하고 나서 허리춤을 까내리고 억새 풀섶을 향해 오줌을 갈겼다.

가마가 재를 올라갔다. 초의는 어깨가 꺾이고 옆구리가 부스러지려 했지만 한번 맞춘 발을 놓치지 않으려고 사력을 다했다. 가마꾼들은 헐떡거리면서도 고달프다는 말 한마디 하지 않고 나는 듯이 나아갔다. 가쁜 숨결이 턱에까지 차올랐다. "어헉어헉……." 나는 죽고 나 아닌 다른 내가 이 세상에 새로이 태어난다. 이 고달픔 하나 이겨내지 못하고 어떻게 중노릇을 한단 말이냐. 그는 또 그 아낙의 말을 떠올렸다. "먼 훗날 그 돈 받을 사람이 따로 있을 것이오." 참자. 참아야 한다. 나는 지금 그 빚을 갚고 있는 중이다.

가마는 재 꼭대기에 올라가서 쉬었고, 이제부터는 무산이 가마를 메었다. 무산이 등개까지 가마를 메고 갔고 초의는 거기에서 현까지 메고 갔다.

가마는 현감이 사는 스물네 칸 와가의 드높은 솟을대문 안으로 들어갔다. 가마가 안채 마당에 멈추었고, 마님은 몸종의 부축을 받으며 안으로 들어갔다. 대문 밖으로 나오자 무산은 담벽에 기대앉아 있었다. 초의는 무산의 지친 모습을 보자 눈앞이 아득해졌다. 이제 지친 무산을 부축하고 절로 돌아가야 한다고 생각했다. 가마꾼들은 그들 둘을 돌아보지도 않고 총총히 돌아들 갔다. 집사가 초의의 손에 엽전 몇 닢을 던져주며 가다가 국밥이나 사먹고 가라고 했다.

탱화

    절로 돌아온 초의는 꼬박 이틀 동안이나 몸살을 앓았다. 앓으면서 생각했다. 세상에는 가마를 타는 사람과 메는 사람이 있다. 가마를 타는 축에 낄 것인가 메는 축에 들 것인가. 어찌해야 타는 쪽에 들 수 있는가.

    사흘째 되는 날 새벽, 몸이 천 근이나 되는 듯싶었지만 이를 악물고 일어났다. 새벽 예불을 마치자마자 방으로 달려갔다. 벽봉은 이 방 안에서 주무실까. 다들 새벽 예불을 하는데 스님은 아직도 주무시고 계실까. 안으로 귀를 기울이는데 뒤쪽에서 인기척이 있었다. 누군가가 동골 목욕장 쪽에서 오고 있었다. 돌아보니 허우대가 크고 허리가 굽정한 벽봉이었다. 먹을 감고 오는 것이었다. 산골에서 흐르는 얼음처럼 차가운 물로 새벽 먹을 감다니, 춥지 않을까. 물을 끼얹으면 심장이 멎는 듯싶고 사타구니에서 달랑거리던 불알이 창자 속으로 기어 들어가버리는 것 같을 터인데? 초의는 얼른 합장을 하고 머리를 깊이 숙였다. 벽봉은 지나쳐가지 않고 초의에게 가까이 다가서더니 말없이 손을 잡았다.

"그래 가마는 멜 만하더냐?"

벽봉은 독 안을 울려 나오는 듯한 굵은 소리로 말했다. 초의는 고개를 떨어뜨렸다.

"이 사람아, 궁금하면 스님 구경 좀 할게요, 하고 떳떳하게 들어와서 무릎 꿇고 앉아 구경을 할 일이지…… 그렇게 도둑질하려 하는 사람같이 엿보면 되겠느냐? 그러고 내 방에서 하는 일은 엿보기만 하려고 해도 목욕재계하고 나서 해야 한다. 알겠느냐? 너 오늘 아침에 나 하는 일 궁금하면 목욕장에 가서 찬물 목욕 깨끗이 하고 오너라. 부처님 장엄하는 일을 고추 만진 손으로 할 수 있느냐? 안 그러냐?"

탱화 일을 보여주겠다니 가슴이 우둔거리고 눈앞이 어질어질했다. 벽봉은 초의를 목욕장 쪽으로 돌려세우고 등을 밀었다.

목욕을 하고 오자 벽봉은 촛불을 밝히고 작업 준비를 하고 있었다.

"목욕재계했으면 법당에 가서 부처님께 백팔배하고 그러면서 부정한 생각 다 떨쳐내버리고 오너라."

초의는 벽봉이 시키는 대로 백팔배를 했다. 정성을 다해 금어 공부를 하겠으니 허락해달라고 빌었다. 평산굴로 달려갔다. 뛰어왔으므로 그는 숨이 가빠져 있었다.

"너 이놈 매우 성급하구나. 성급한 사람은 금어가 될 수 없다. 거기 꿇고 앉아서 눈 감고 급한 맘 버리고 느긋해지는 연습부터 하거라. 하늘이 무너지고 덕룡산 일봉산이 다 무너지고 이 평산굴이 땅속으로 가라앉더라도 절대로 서두르지도 뛰어 도망치지도 않는다는 느긋한 마음이 되면 그때 눈 뜨고 내가 하는 일을 봐라."

벽봉의 얼굴은 촛불의 음영 때문에 코와 한쪽 광대뼈가 튀어나오고 눈이 약간 우묵해 보였다. 아까 밖에서 본 벽봉이 아니었다. 어떤 음험한 기운과 신비스러운 초능력을 가진, 사람 아닌 사람이 되어 있었다. 숭엄한 분위기가 벽봉의 주위를 휘감고 있었다.

초의는 벽봉이 시키는 대로 눈을 감았다. 눈을 감자 푸른 어둠이 앞을 가렸다. 어둠 속에서 한 여자의 얼굴이 나타났다. 어머니 같기도 하고 그를 나룻배에 타게 해주고 노자를 준 아낙 같기도 하고 그 아낙과 함께 가던 처녀 같기도 한 여자의 얼굴. 그 얼굴을 보자마자 가슴이 아리고 쓰라렸다. 울음이 터져 나올 것 같아 이를 악물고 심호흡을 했다. 그러나 푸른 어둠 속의 여자가 마음 단단히 먹고 금어가 되라고 말했다. 그는 반드시 그렇게 하겠다고 약속

123

을 했다. 금어가 되어야, 그 돈을 받을 사람이 나타났을 때 넉넉하게 돌려줄 수 있게 될 터이다. 가슴앓이가 없어졌고 마음이 차분해졌다.

눈을 뜨자 벽봉은 반쯤 엎드린 채 붓을 들고 색칠을 하고 있었다. 벽봉이 그리고 있는 것은 거대한 탱화였다. 이미 검은 선 밑그림이 다 그려져 있었다. 그 선을 따라 색칠을 하고 있었다. 엄숙하고 정성스럽게 작업을 하고 있기는 했지만 그것은 매우 단순한 노동이었다. 어느 선과 어느 선 사이에는 어떤 색을 칠할 것인가 하는 것만 안다면 그도 할 수 있겠다는 생각이 들었다. 얼마 동안 구경을 한 다음에는 자기에게도 그 일을 가르쳐달라고 하고 싶었다. 아주 벽봉의 또 하나의 상좌가 되어 금어 일을 배우고 싶었다. 바라춤과 범패까지도 모두 배우고 싶었다.

그날 하루 내내 그는 벽봉의 옆에 앉은 채 벽봉이 하는 일만 구경했다. 벽봉의 붓은 요술 같았다. 붓이 가는 곳마다 울긋불긋한 색깔들이 살아났다. 살갗이 살아나고 눈과 코와 입과 귀가 살아나고 표정이 살아나고 비단 옷자락이 나부꼈다.

"큰스님, 저도 이 일을 배우고 싶습니다."

그날 점심 공양을 하고 온 초의는 산영이가 잠시 자리를 비운 틈을 타서 벽봉에게 말했다. 한데 벽봉이 엉뚱한 말을 했다.

"이놈, 그래 가마 메는 입맛은 어떻더냐?"

"지옥엘 다녀온 맛이었사옵니다."

벽봉은 허공을 쳐다보면서 어허허허 하고 너털거리다가 다시 일을 시작했다.

"이놈아, 이 일도 허리 아프고 옆구리 뒤틀리고 가슴 갑갑하고 눈 아프고 어깨 아프고 팔 아프고 고개 아프고…… 지옥살이하고 똑같다. 사람의 인내력만 가지고는 안 된다. 전생에 축생 지옥에서 수레 끌던 황소 넋이 씌지 않고는 안 된다."

스님의 말 속에는 육자배기 타령 같은 가락이 들어 있었다.

"나도 너같이 은사 스님 옆에서 얼씬거리다가 호기심 하나만 가지고 이것을 하겠다고 덤벼들었는데, 지금은 빼도 박도 못한다. 너, 니 지옥 맛이 싫으면은 얼른 달아내빼버려라."

"이런 지옥 맛은 평생 입맛 다시고 살아도 내내 황홀할 듯싶사옵니다."

초의는 진정으로 말했다.

"아니 나 장차 느그 할아부지 만나면은 혼날 터인디? 용 되어야 할 놈을 금어金魚로 만들었다고!"

"아닙니다. 저는 용도 되고 금어도 될랍니다."

"아, 그렇다! 그러고 보니, 금어도 물고기는 물고기로구나. 부처님한테 잘만 보이면은 겨드랑이에서 날개가 나오게 될지 모르고, 그러면은 용이 되겠구나. 어허허허……."

이튿날부터 벽봉은 산영과 초의를 나란히 앉혀놓고 밑그림 그

125

리는 법, 색칠하는 법을 가르쳐주기 시작했다.

한데 금방 산영과 초의 사이에는 차별이 생겼다. 산영은 하나를 가르쳐주면 그 하나를 보듬고 땀 뻘뻘 흘리며 씨름을 하는데, 초의는 달랐다. 하나를 가르쳐주면 하나 넘어 둘 셋 넷 다섯을 해냈다. 붓끝이 심상치 않았다. 섬세할 데에서는 아리아리하게 섬세하고, 굵어야 할 데에서는 굵으면서 바람벽을 뚫을 만큼 머리 꼿꼿이 세우고 꿈틀거렸다. 벽봉은 속으로 아하, 이 자식 큰 물건이다, 하고 탄성을 질렀다. 사흘째 되는 날 해질 무렵에 벽봉이 초의에게

"너 마을 앞 주막에 내려가서 곡차 두 되만 받아 오너라. 주모보고 금어 영감이 보내서 왔다고 그러면은, 안주까지 듬뿍 싸줄 것이다."

하며 엽전 한 개를 내놓았다.

"혹시 누가 뭣이라고 하면은 평산굴로 갖고 간다고 해."

산영은 모른 체하고 엎드려 금물 칠을 계속하고 있었다. 산영에게는 섬세한 부분을 시키지 않고 펑퍼짐한 곳에 맥칠하듯이 하는 곳만 시켰다. 산영의 입이 부어 있었다. 산영은 벽봉이 초의만 예뻐한다고 토라져 있었다.

四

뱀이 허물을 벗듯이, 연못에 들어가 꽃을 꺾듯이 버리고 떠난다.

『숫타니파타』

은밀한 연모

절 아랫마을 앞 세 갈래길 한복판에 주막이 있었다. 주막으로 가는 길은 뱀 머리 같은 산줄기를 오른쪽에 끼고 뻗어 있었다. 왼쪽은 들이었다. 주막집으로 가던 초의는 길옆의 앵두나무 울타리 앞에서 발을 멈추었다. 온몸이 전율에 휩싸이고 있었다. 무슨 냄새인가가 코끝을 스쳤던 것이다.

앵두나무 울타리 아래에 우물이 있었다. 바야흐로 우물에서 물을 길어가지고 나오는 한 처녀가 있었다. 초의의 눈길과 그 처녀의 눈길이 마주쳤다. 처녀는 멈칫했다가 눈을 내리깔면서 앵두나무

울타리를 돌아 나왔다. 초의는 진저리를 쳤다. 그를 전율하게 한 것은 처녀에게서 날아온 체취였다.

머리에 물동이를 인 처녀는 흰 저고리에 쪽빛 치마를 입었는데 동이와 정수리 사이에 끼어 있는 또아리 끈을 입에 물고 있었다. 젖빛 살갗에 당황과 부끄러움으로 말미암아 붉은 물이 들고 있었다. 살포시 내리깐 눈은 먹물로 가로 그어놓은 듯한데 볼은 연한 복사꽃 색이었고, 코는 오똑했고 입술은 가을 양광에 반쯤 익은 곶 감 색깔이었다. 귀와 광대뼈 사이의 볼에는 머리채에 싸잡히지 않 은 가는 머리털들 몇 개가 나풀거렸고, 쪼록쪼록 땋은 긴 머리채가 넘어와 있는 한쪽 가슴은 둥둥하게 부풀어 있었다. 초의는 재빨리 한쪽으로 비켜서면서 합장을 해주었다. 처녀는 몸을 모로 꼬면서 자기 갈 길을 갔다.

눈앞이 아찔했고, 무엇인가가 뒤통수를 한 대 치는 듯싶었다. 어 디선가 본 듯한 처녀였다. 내가 저 처녀를 어디에서 보았을까. 아, 그렇다. 그 나룻배 위에서 본 처녀다. "먼 훗날 그 돈 받을 사람이 따로 있을 것이오." 그녀와 함께 가던 아낙이 하던 말도 귓결에 쟁 쟁했다. 그 처녀가 어찌하여 이곳에 와 있을까. 그렇다면 저 처녀 에게 돈을 갚아야 하는 것 아닐까. 그는 꿈을 꾸고 있는 듯싶었다. 고개를 저었다. 아니다. 그 처녀가 여기에 와 있을 리가 없다. 내 가 잘못 본 것일 터이다. 그 처녀와 이 처녀는 전혀 다른 사람일 것 이다.

물동이를 인 처녀는 그가 가야 할 주막을 향해 가고 있었다. 초의는 숨이 가빠졌다. 그 처녀에게서 날아온 체취와 나루터에서 본 그 처녀일지도 모른다는 생각이 가슴을 우둔거리게 했다. 머리채를 어깨 너머로 넘겨놓은 까닭으로 뒷목의 제비초리 밑의 살갗은 옥빛이 돌 정도로 희었다. 이 처녀는 왜 하필 이날, 늘 머리채로 가리고 있곤 하던 제비초리 근처의 흰 살을 드러내놓고 있는 것일까. 초의는 보아서는 안 될 그녀의 은밀한 속살을 본 듯싶었고, 심한 어지러움을 느꼈다.

왼손으로 물동이의 귀를 잡은 까닭으로 왼쪽 옆구리의 하얀 치맛말이 살짝 나와 있는 쪽빛 치맛자락은 꽈리 껍질처럼 부풀어 있었다. 그녀의 체취는 부풀어 있는 치맛자락 속에 담기어 있다가 흘러나온 것일 듯싶었다.

처녀를 뒤따라가면서 초의는 주막까지 가는 내내 그녀를 앞장 세우고 갈까 아니면 걸음을 빨리하여 그녀를 앞질러 갈까 망설였다. 얼른 결정을 내리지 못하고 주춤거렸다. 쉽게 결정을 내리지 못하고 네댓 걸음 떨어진 채 처녀를 뒤따라갔다.

처녀는 주막집 사립의 주등 옆을 지나 부엌 안으로 들어갔고, 뒤따라간 초의는 마당 한가운데 선 채 사방을 두리번거렸다. 부엌문 앞에서 김칫거리를 다듬던 아낙이 몸을 일으키며

"금어 스님이 보내서 오셨소?"

하고 물었다. 초의는 아낙의 앞치마에 묻어 있는 거무스레한 물

방울 얼룩을 내려다보며 고개를 끄덕거렸고, 아낙은 호로병 두 개에다가 독주를 퍼 담아주고, 잠시 기다리라고 하고는 녹두전 두 장을 부쳐주었다.

양손에 호로병 하나씩을 들고 한쪽 겨드랑이에 안주를 끼고 나오는데 처녀가 물걸레를 빨아들고 와서 평상을 훔쳤다. 초의는 얼굴이 빨개졌다. 나루터에서 본 그 처녀였다. 몸이 부들부들 떨리고 다리에 힘이 풀렸다. 균형 잃은 걸음걸이로 처녀 옆을 지나는데 주모가 그 처녀를 향해 퉁명스럽게 말했다.

"아까 훔치는 것 같드니 뭔 평상을 또 훔치고 있냐? 밥 늦구만…… 물 길어갖고 왔으면은 얼른 밥 안쳐야제잉."

주막을 등지고 나서는데 뒤통수에 왕거미줄처럼 끈적거리는 것이 날아오고 있었다. 그게 어쩌면 그 처녀의 눈길일지도 모른다 싶었고, 그는 허방을 디딘 듯 비틀거렸다.

이후 내내 그 처녀의 얼굴이 떠올라 얼굴이 달아오르고 숨이 가빠지곤 했다. 만일 그 처녀가 이 처녀라면 그녀에게 돈을 갚아야 하리라. 한데 어디서 돈이 나와 갚을까. 이제 갚기로 한다면 동전 두 닢만으로는 안 될 것이다. 아니 그 동전보다 훨씬 많은 어떤 것을 주어야 할 것이다. 훨씬 많은 무엇을 돌려주어야 할까. 아니 그런데, 그 처녀가 틀림없이 이 처녀이기나 할까. 그럴 것 같기도 하고 아닐 것 같기도 하고 도무지 종잡을 수 없었다. 일주문 안으로 들어서면서 그는 분명하게 단정했다. 그 처녀가 여기에 와 있을 리 없다. 잊어버리고 들어가자. 한데 주막집 처녀가 머리에서 떠나지 않았다.

호로병을 방바닥에 놓자 벽봉이 초의의 얼굴을 오랫동안 들여다보다가 볼을 꼬집으며

"너 이놈, 그 집에 와 있는 백여시한테 넋 뺏기고 왔구나!"

하고 말했다. 초의는 도둑질하다가 들키기라도 한 듯 섬찟했고 두 손을 방바닥에 짚으며 머리를 조아렸다. 가슴이 쿵쾅거리고 얼굴이 빨개지고 눈앞이 어지러워졌다.

"아니 이놈 홀렸네!"

벽봉이 말했다.

초의는 눈물을 흘리면서 전후 사정을 모두 이야기했다. 그리고 나루터에서 아낙이 사공에게 준 동전 한 닢과 그의 손에 쥐어준 동전 또 한 닢을 어디다가 갚아야 하느냐고, 그 처녀가 주막집에 있는 처녀라면 바로 그 처녀에게 갚아야 하는 것 아니냐고 물었다.

벽봉은 초의의 등을 툭 치고 머리를 쓰다듬으면서

"그 처녀가 이 처녀일 리 없을 것이고, 그 아낙은 아마 관세음보살님의 화신인 것 같다. 그 돈은 나중, 나중에 불행에 처한 많은 사람들에게 그 몇천 배로 갚으라는 뜻일 것이다. 그리 알고 성불만 하거라. 알겠느냐?"

하고 나서 곡차 한 잔을 들이켰다. 그리고 중얼거렸다.

"며칠 전에 왔다는 그 처녀 나도 봤는디…… 비천녀飛天女를

133

그릴라면은 그 처녀의 얼굴 갸름한 것이나 뚫려 있는 구멍새들이나 허리 잘록한 것을 잘 보고 와서 그리면 되것드라."

바라춤

술 두 병을 다 마시고 얼근해진 벽봉이

"의순아, 저기 구석에 있는 것 가져오너라."

하면서 아랫목 구석의 빨간 보자기에 싸인 것을 턱으로 가리켜 주었다. 초의가 아랫목 구석으로 가서 그것을 들고 왔다. 빨간 보자기를 풀자 황금색의 방짜 바라 두 짝이 드러났다.

벽봉은 무릎을 꿇은 채 바라 두 짝을 나란히 엎어놓았다. 두 손을 바라의 끈 속에 넣어 감아 들었다. 몸을 일으키더니 바라를 이리저리 저으며 춤을 추었다. 어디선가 많이 본 듯한 춤사위였다.

초의와 산영은 바람벽으로 물러나서 벽봉의 춤을 구경했다. 벽봉은 "나모라 다나 다라 야야 나막 알약 바로기제 새바라야" 하고 범패를 부르면서 너울너울 춤을 추었다. 그 춤과 범패 가락이 흥겨웠고, 어깨와 엉덩이가 들썩거리게 했다.

한동안 춤을 추던 벽봉이 숨을 가쁘게 쉬며 말했다.

"너희들 둘이 다 이것 배워라. 이거 기막히게 재미있다. 이것을 출 줄 알면 어른 스님들한테 귀염 받고 산다."

벽봉은 남은 술을 다 마셔버리고 초의를 일으켜 세웠다. 그가 이끌려 일어서자

"너 이 춤 우습게 생각지 말고 착실하게 잘 배워둬라. 옛날 옛적 원효 스님이 춘 무애춤이라는 것도 이것하고 다르지 않다. 원효 스님은 임금님한테 삼국전쟁을 못 하게 하고, 민중들을 교화할라고 이 춤을 덩실덩실 추고 다니셨드란다."

하고 말했다. 원효 스님 이야기를 듣자 귀가 솔깃해졌다. 벽봉이 말을 이었다.

"혼자 추는 것을 평바라춤이라 하고, 둘이 추는 것을 겹바라춤이라고 하고, 네 사람이 추는 것을 쌍바라춤이라고 하고, 여럿이 추는 것을 잡바라춤이라고 한다. 춰보면 평바라춤이 제일 신나고 멋지다이. 나는 일하다가 곡차 한잔하고 신나면은 이렇게 덩실덩실 이 춤을 춘다. 바라춤은 뎅짱뎅짱 하고 바라를 울려서 잡귀를 몰아내고, 아름답고 착한 영혼 속에다가 꾀꼬리 소리같이 향기로

운 부처님 지혜를 불어넣고, 여러 부처님과 보살님들이 거처하는 도량을 수호해주는 사방 금강신님들을 찬미하는 것이다. 내가 하는 찬미는 여러 부처님들과 중생님들이 어울려 사는 사바 세상을 다 찬미하는 것이다. 또 아미타를 찬미한다. 내가 그리는 불보살 세상 장엄하는 일을 찬미한다. 나뭇잎 하나, 눈에 보이는 벌레, 눈에 안 보이는 미생물, 나는 새, 기는 짐승들…… 억조창생을 다 찬미한다. 세상에 존재하는 모든 것은 다 불성을 가지고 있으니까. 뎅짱뎅짱 데엥짜장……."

말을 하다 말고 벽봉은 혼자서 신들린 당골처럼 바라춤을 추었다. 바라 두 짝을 손에 들고 있는 것이 아니고 그것이 몸의 일부가 되어 있었다. 머리 뒤쪽으로 슬쩍 젖힌 바라를 비비면서 소리를 낸 다음, 오른쪽 것은 젖힌 채 놔두고 왼쪽 것은 엎어서 비비듯이 뽑아냈다. 오른발을 들어 젖혀 디디고 왼발을 오른다리에 붙여 오른쪽으로 돌면서 바라를 머리 위에서 비볐다. 왼쪽에 기울어져 있던 바라로 오른쪽 바라를 철썩 치면서 머리 위로 올려 바닥 아래로 향하게 엎어 들었다. 머리 위에 있는 왼쪽 바라는 내리기 시작하고 배 아래에 내려와 있는 오른쪽 바라는 올리기 시작했다. 얼마쯤 뒤에는 양쪽의 바라가 번갈아서 머리 위에서 요술처럼 휘돌았다. 바라 한 짝이 등뒤를 거쳐서 뒤통수 위쪽으로 올라가자 다른 한짝도 따라 뒤통수 뒤로 돌아갔다. 그것을 두 어깨 위에 올려놓은 채 허리를 뒤로 젖히고 몸을 이리저리 돌렸다. 발뒤꿈치를 들어 돌리고 허리를 젖히면서 무릎을 굼실거렸다.

벽봉은 씨근덕거리면서 말했다.

"너희들 아주 내일부터 춤사위 하나씩만 공부해라. 이것은 보배 가운데 보배다. 용 될 재목이라 해서 어장이 하는 춤사위 배워두면 안 된다는 법 없다. 이것들이 혹 장차 크게 쓰일 데가 있을지 모른다."

다음날 초의와 산영은 잡상착礎想捉과 잡시착礎是捉 선자선좌宣者宣座 세 동작을 배웠다. 잡상착은 바라춤으로 높은 법을 많은 사람들에게 전달할 수 있는 기회가 되도록 한다는 것이었다. 먼저 바라를 엎어서 앞쪽에 놓는데 왼쪽 것을 오른쪽 것에 조금 겹쳐놓았다. 그리고 두 손을 모아 합장을 하고 반절을 했다. 잡시착은 바라를 잡는 것인데, 무릎 하나는 땅에 붙이고 절을 했다. 두 손을 바라끈 안에 넣고 엄지손가락을 벌려서 끈을 단단히 잡아야 했다. 선자선좌는 잡은 바라를 들고 세운 무릎을 중심으로 일어나는 동작이었다.

"오늘은 이 세 동작만 배워라."

그런데 초의가 곧바로 세 동작을 다 해 보이고 나서

"오늘 아주 다 가르쳐주십시오."

하고 말했다.

"이놈아, 욕심 부리지 마라. 오늘 다 배워봐야 모두 잊어버린다.

설사 기억이 난다 할지라도 그저 흉내만 내게 될 뿐 제대로 하지를
못해."

초의는 고개를 저으면서 한꺼번에 다 가르쳐달라고 떼를 썼다.
벽봉은 산영의 얼굴을 흘긋 보고 나서

"하하, 이 자식 보소?"

하고 기막혀하면서 마지못해 모든 동작을 다 가르쳐주었다. 산
영은 따라 하기를 포기해버렸다. 초의 혼자서만 따라 했다.

쇳소리를 크게 내어 모든 사람에게 깨달음을 일깨운다는 성지
지착聲摯知捉, 소리 나는 바라를 머리 위로 올려 바치는 성두상배
聲頭上拜, 머리 위에서 다시 소리를 내고 돌아내려오는 성두상환
제聲頭上換提, 오른쪽으로 도는 우요잡右繞匝, 왼쪽으로 도는 좌
요잡左繞匝, 왼쪽에 기울어져 있던 바라를 치면서 머리 위로 올려
바닥 아래로 향하게 엎어 드는 동작, 머리 위 바라는 내리기 시작
하고 아래 있는 바라는 올리기 시작하는 동작, 오른팔을 머리 위로
들면서 밖으로 돌릴 자세를 하고 왼쪽 바라를 안으로 돌릴 자세를
하면서 내리는 동작…… 그것들 모두를 가르쳐준 다음 벽봉은 말
했다.

"이놈, 어디 내일 이것들을 모두 다 그대로 해내는지 못 해내는
지 두고 보자. 만일 못 해내면 해우소 청소 석 달 동안 해야 한다.
알겠느냐?"

근엄한 목소리로 말했다. 내기를 걸자는 것이었다. 초의는 겁내

지 않고 내기에 응했다.

"그럼, 만일 제가 그 춤사위들을 다 제대로 해내면 어떤 상을 주시렵니까?"

초의는 당돌했다.

"니놈이 가르쳐달라는 것 다 가르쳐준다."

"범패도 가르쳐주실랍니까요?"

점심 공양을 한 다음 벽봉과 산영보다 한 발 앞서서 평산굴로 달려온 초의는 바라 두 짝을 싸들고 뒷산으로 올라갔다. 하늘이 보이지 않게 소나무숲이 빽빽한 골짜기로 들어섰다. 시냇물이 노래하며 흐르고 있었다. 그 시냇물 줄기를 따라 위쪽으로 올라갔다. 자그마한 폭포가 있었다. 폭포수 떨어지는 곳에 널찍한 웅덩이가 있었다. 웅덩이에는 옥색의 물이 넘실거렸다. 그 웅덩이 옆에 반반한 바위가 있었다. 그 바위를 춤출 자리로 잡았다. 그곳에서 마음 놓고 바라춤을 익히기로 작정했다. 초의는 그날 배운 바라춤을 모두 춰낼 자신이 있었다. 할아버지에게서 글을 배울 때도 그는 그날 배운 것들을 빠짐없이 줄줄이 외어 바쳐 할아버지를 놀라게 하곤 했었다.

헐떡거리는 숨결을 가라앉힐 새도 없이 바라를 두 손에 들고 잡상착에서부터 하나하나 추어갔다. 벽봉이 일러준 것들을 하나도 빼지 않고 해냈다. 두 번째 추면서는 춤사위 하나하나를 유연하고 신명나게 짚어나갔다. 세 차례 네 차례 다섯 차례 여섯 차례를 거듭 추고 나자 진땀이 흐르고 배가 고팠다. 시냇물을 벌컥벌컥 들이켜고 온몸에 물을 끼얹었다. 이날 밤 안으로 귀신같이 잘 익혀가지고 벽봉을 깜짝 놀라게 하자고 생각했다. 무엇보다 신나는 일이, 그가 이날 안으로 바라춤을 다 익혔을 때, 그가 원하는 것이면 무엇이든지 가르쳐주겠다고 한 약속이었다. 그 약속도 약속이지만, 바라춤 추기가 워낙 재미있고 신명이 났다. 머리 위에서 처르릉 비비고 뎅짱뎅짱 소리를 내고 번갈아 돌리는 춤사위가 가슴을 서늘하게 해주었다. 데엥 소리 나는 바라 두 짝을 머리 위로 받쳐 올리는 춤사위는 가슴을 저릿저릿하게 하면서도 몸이 붕 떠 어질어질해지는 감동을 일으켰다. 오른쪽으로 돌고 왼쪽으로 도는 춤사위, 머리 뒤로 젖혀서 바라를 비비며 소리를 내고 소리 낸 바라를 오른쪽은 젖히고 왼쪽은 엎어서 뽑는 춤사위도 신났다. 오른팔을 머리 위로 들면서 밖으로 돌릴 자세를 하고 왼쪽 바라를 안으로 돌릴 자세를 하며 내리는 번개 요잡은 정수리와 등줄기와 겨드랑이에 전율이 일어나게 했다. 폭포수의 소리가 그의 바라춤 가락에 맞추어 떨어졌고 옥색 웅덩이 속에서 솟구쳐 오르는 흰 거품과 물결이 그의 춤사위에 맞추어 소쿠라지고 펑퍼지며 웅덩이 가장자리를 타 넘었다. 소나무숲 위에 걸린 햇살과 바람이 그의 춤사위에 맞추어 너울거렸다.

배가 고픈 것을 잊고 바라춤을 추고 또 추다가 문득 그 춤추는 모습을 주막집 처녀에게 보여주고 싶은 충동이 일었다. 그 처녀의 예쁜 몸을 끌어안아보고 싶어졌다. 그녀에게 장가를 들어 아들 낳고 딸을 낳고 살고 싶어졌다.

혀를 아프게 깨물었다. 중노릇을 하러 온 사람이 무슨 망상에 젖어 있는 것인가. 먼 훗날 그 돈 받을 사람이 따로 있을 것이라던 아낙의 말이 생각났다. 바라춤을 추면서 이 망상에 젖어 있는 나는 누구인가. 나의 진짜 몸은 나주 삼향마을의 고향집에 있고 나의 등신이 여기에 와서 이 춤을 추고 있는 것 아닐까. 아니 나는 이미 어머니 아버지 할아버지와 함께 역질에 걸려 죽고, 나의 혼령이 지금 바라춤을 익히고 있다.

해가 산 너머로 떨어졌고 황혼이 타올랐다. 바라 두 짝을 옆에 놓고 폭포수를 쳐다보았다. 옥색 웅덩이에서 솟구쳐 오르는 물거품들을 내려다보았다. 웅덩이를 넘어 아래쪽으로 흘러가는 물을 보았다. 저 물은 어디에서 왔다가 어디로 가고 있는가. 나는 어디에서 왔다가 어디로 갈 것인가. 이를 악물고 우울해지는 스스로를 다잡았다. 산을 내려가서 벽봉에게 바라춤을 한껏 멋들어지게 추어보이고 범패를 가르쳐달라고 하자. 벽봉이 하는 범패는 또 얼마나 가슴을 저릿저릿하게 하던가. 스님의 목소리는 어웅한 동굴이나 나무로 된 관을 울려나오는 듯싶고 거대한 옥통소를 낮게 부는 듯싶은 소리였다. 탱화도 그리고 단청도 하고, 바라춤도 추고 범패도 하고…… 그리하여 이 절 안에서 벽봉보다 더 뛰어난 보배 스님이 되도록 하자. 그러면 그 처녀가 나를 연모할 것이다. 은밀하게 정을 주고받다가 그녀하고 도망을 치자. 제 멋대로 뻗어가는 망상 때문에 스스로도 놀랐다. 혀를 깨물고 고개를 회회 저어 망상을 떨쳐버리면서 바라를 집어들었다.

어둑어둑해졌다. 길을 잃었다. 그는 두 손으로 나뭇가지와 무성한 억새풀 띠풀 싸리 숲을 헤치면서 산을 내려갔다.

"의순 스님!"

그를 부르는 산영의 목소리가 들려왔다. 그는 그 소리를 듣고도 대답을 하지 않은 채 숲을 헤치기만 했다. 동그란 돌맹이를 밟고 주르륵 미끄러졌다. 별들이 이 가지 끝에서 저 가지 끝으로 널뛰기를 했다. 슬픈 생각이 들었다. 가슴속에서 울음이 밀고 올라왔다. 이를 단단히 물고 울지 않았다. 눈시울이 뜨거워졌다. 바람이 불어오는 쪽으로 두르고 눈을 껌벅거려 눈물을 바람에 말렸다.

어둠 속에서 마주친 산영은 한동안 초의를 노려보기만 했다. 몸을 획 돌리고 앞장서서 하산하며

"의순 스님, 내가 얼마나 찾아다녔는지 알어?"

하고 말했다. 평산굴에 들어서자 벽봉은 코를 골며 자고 있었다.

백여우와 범패

    초의는 무주에서 온 고 행자와 석청을 따러 갔다. 배가 고파 도
라지와 딱주도 캐먹고 구슬 같은 떨떠름한 청미래를 따먹었다. 무
주 고 행자는 숲을 헤치고 오르면서 킁킁 냄새를 맡았다. 석청이
있는 곳에서는 향기가 난다는 것이었다. 자기는 석청 향기 맡아내
는 데 있어서는 귀신이라고 했다. 물봉선화가 무성한 늪에서 벌 한
마리를 만났다. 무주 고 행자는 그 벌을 뒤쫓았다. 초의는 고 행자 뒤
를 따랐다. 벌은 너덜겅을 건너갔다. 너덜겅 안쪽에 절벽이 있었다.
그 절벽에 벌집이 있었다. 부시를 쳐서 불을 일으켰다. 쑥대에 불을

붙여 입에 물고 절벽을 기어 올라갔다. 쑥불 연기를 피워 벌을 범접 못 하게 하고 벌집을 들어냈다. 석청이 뚝뚝 떨어졌다. 그것을 입에 넣고 씹었다. 무주 행자도 석청을 입에 넣었다. 그때 벌 한 마리가 무주 행자의 입술을 쏘아버렸다. 아야, 하고 소리치고 나서도 무주 행자는 석청을 부지런히 먹었다. 석청 향기가 입과 콧속으로 들어 갔고 온몸이 붕 뜨는 듯싶었다.

배가 불룩해지도록 먹었다. 그제야 그 석청을 부처님께 바치고 큰스님께도 드려야 한다는 생각이 들었다.

"이 자식, 어떻게 부처님께 바칠 생각을 했더냐?"

탱화를 그리고 있던 벽봉 스님은 석청을 받아들고 오달져 했다. 산영이를 시켜 법당 부처님께 바치게 하고 초의에게는 사하촌 주 막으로 곡주를 받으러 보냈다.

주막집 처녀는 바야흐로 물동이를 옆구리에 끼고 사립을 나오 고 있었다. 초의와 그녀는 주등 앞에서 마주쳤다. 그녀는 그를 보 자 잠시 멈칫했다가 치맛바람을 일으키면서 우물을 향해 갔다. 그 녀의 얼굴에 홍조가 일어나고 있었다. 그녀의 체취는 그의 폐부 속 으로 물밀듯이 들어왔고 그는 어지럼증에 시달렸다. 두근거리는 가슴을 주체할 수 없었다. 나룻배에서 만난 처녀가 이 처녀다, 하 고 그는 단정했다. 그 처녀가 어찌하여 여기에 와 있을까. 나 지금 꿈을 꾸고 있는 것이 아닐까.

주모가 호로병 둘에다 곡주를 담아주고 녹두전 두 장을 부쳐 호

145

박잎에 싸주었다. 호로병과 녹두전을 가지고 주막 마당을 나서는 그는 발이 땅에 딛기는지 어쩌는지 분간할 수가 없었다.

"이놈, 너 또 그 여시한테 넋을 빼주고 왔구나."

벽봉 스님은 초의의 머리에 알밤을 먹였다. 초의는 얼굴을 붉히며 고개를 떨어뜨렸다.

"너 이놈, 그 백여시 버리지 못하면 중노릇 못 한다. 내일부터는 일주문 밖으로 한 발짝도 나가지 마라. 알겠느냐?"

술이 얼근해진 스님은 한동안 흥얼흥얼하다가 목탁을 들고 짓소리를 했다. 눈을 감고 내는 근엄하고 장중하면서도 유려하고 그윽한 목소리였다. 짓소리는 연줄처럼 팽팽하게 뻗어가고 있었다. 중간에 한 번씩 요동을 쳤다. 그러면 실 끝에 달린 연이 도는 것처럼 조마조마하게 잠시 원을 그리면서 돌다가 다시 유장하게 뻗어갔다. 그의 가슴에 쌓인 알 수 없는 슬픔의 가닥을 잡아끌면서 거미줄처럼 뻗어갔다. 당골 어머니의 서글픈 무가 같기도 하고, 가부좌를 한 할아버지가 눈을 감은 채 윗몸을 양옆으로 천천히 흔들면서 책을 암송하는 것 같기도 했다.

어느 사이엔지 그 가락은 그의 머리털과 온몸의 피부와 귀와 코와 눈과 입속으로 깊이 들어와 있었다. 그 소리 속으로 그가 빨려 들어가고 있었다. 그와 동시에 주막집 처녀가 어디론가 사라지고 없었다. 그렇다. 나도 저 소리를 배우자. 벽봉이 소리를 끝냈을 때 그가 말했다.

"큰스님, 저도 그 소리 배우고 싶습니다."

"그래 배워라. 팥죽 쑤는 사람이 수제비 못 끓일까. 배울라면은 아주 딱 부러지게 배워야 한다."

이튿날부터 벽봉은 초의와 산영에게 범패를 가르쳐주기 시작했다.

"범패는 무엇보다 풍채하고 목소리 치레를 해야 하는데 의순이하고 산영이는 타고난 미모에다 미성까지 갖추었응께 하려고만 하면 아주 잘할 수 있을 것이다. 범패를 하는 사람은 먼저 착하고 깨끗한 마음을 가져야 한다. 소리에 그 마음이 모두 거짓 없이 실리게 되는 법이니까. 진정으로 축원하는 마음 깨끗하고 착한 마음이 실려 있지 않은 소리는 누구에게도 감동을 주지 못한다. 다음은, 온몸의 터럭 하나하나 살점 하나하나 머리 오장육부 이목구비 모든 부분에서 모아진 기가 배로 모아지고, 그 배에서부터 솟아오른 소리가 허파와 목구멍을 울리고 나와야 한다. 이때는 머리와 얼굴과 아구창과 몸통과 팔다리까지 모두 목청으로 모아져서 함께 떨고 울려야 한다. 그렇게 낸 소리라야 땅과 하늘을 울리고 사바 세상과 지옥과 극락과 아미타 세계까지를 울린다."

이튿날부터 벽봉은 초의 대신 산영을 주막에 보내곤 했고, 곡차로 얼근해지기만 하면 초의와 산영에게 안채비소리 바깥채비소리를 가르쳤다.

다신茶神, 혹은 배냇향 터득하기

　벽봉은 더불어 차를 가르쳤다. 화로에 불 일으키는 법, 거기에 물 담은 주전자를 올려 끓이는 법, 차를 주전자에 넣어 우리는 법을 가르쳤다.

　"찻주전자에 차를 넣고, 맥박이 뛰는 속도로 하나아 두울 세엣…… 이렇게 아홉을 세고 또다시 아홉을 헤아리면 애벌차가 우러난다. 그런데 그 첫 번째 아홉을 헤아렸을 때 뚜껑을 사알짝 열어봐라. 이때 차향이 흘러나오는데, 이 향이야말로 세상에서 가장 그윽하고 신비로운 향이다. 갓난아기를 따사한 물에 멱을 감긴 다

148

음 살갗에 코를 댔을 때에 나는 배냇향 같은 향은 우주를 생성시키는 은근하고 그윽한 기운이다. 차를 마시는 사람은 바로 이 향을 맡을 줄 알아야 한다. 이 향을 알지 못하는 것은 소리 못 듣는 벙어리나 귀머거리하고 같고 색깔을 볼 줄 모르는 장님하고 같다. 그 향을 알았다면 모름지기 이 향기처럼 순수하고 그윽해져야 하고 세상을 똑 그와 같이 살아야 하는 법이다. 만일 물이 너무 뜨겁거나 정도 이하로 차면 이 배릿한 향이 제대로 나지 않는다."

초의는 벽봉이 말하는 갓난아기의 몸에서 맡아진다는 배냇향은 모르지만, 그 배릿한 차향을 잘 알고 있었다. 가마솥에 어린 찻잎들을 넣고 덖을 때 온 세상은 그 배릿하고 구수한 향으로 가득 차 버리던 것이었다. 그때 초의는 폐부와 온몸이 차향에 절여지는 듯 싶었었다.

벽봉은 찻잔 셋을 산영과 초의와 자기 앞에 각기 한 개씩 놓고 주전자를 기울여 차를 따랐다. 자기가 어른이라고 자기 잔에 먼저 따르지 않았다. 초의의 잔 산영의 잔 자기 잔에다가 반쯤씩 차오르게 따르고, 주전자에 남은 것을 역순으로 따라 잔들을 채웠다.

"차는 텅 빈 곳에 어리는 향기로운 모양새, 즉, 공즉시색, 그 모양새 속에 어려 있는 텅 빈 것, 말하자면, 색즉시공…… 우주의 원동력과 순리와 평등을 가르친다."

벽봉은 차의 색깔과 향기와 맛을 가르쳤다. 혼자 마시는 맛과 둘이서 마시는 맛과 셋이서 마시는 맛을 가르쳤다.

곡주를 마신 이튿날 벽봉은 차를 짜게 마셨다. 진한 것을 짜다고 말했다. 일곱 차례까지 우려 마셨다.

"첫 번째 우린 것은 배린내가 나는 십 대 인생의 맛이고, 두 번째 우려마신 것은 혈기 방장한 이십 대 맛이다. 세 번째 것은 삶의 맛을 바야흐로 알기 시작하는 삼십 대 맛이고, 네 번째 것은 깨달음이 보일 똥 말 똥하는 사십 대 맛, 다섯 번째 것은 부처님이 눈을 반쯤 감은 뜻을 알기 시작하는 오십 대 맛이고, 여섯 번째 것은 연꽃잎을 스치는 부처님 말씀을 듣기 시작하는 육십 대 맛, 일곱 번째 것은 연꽃들이 다 지고 없는 연못의 황달 든 연잎에 어린 불음을 듣는 칠십 대 맛이다. 그리고 여덟 번째 마시는 것은 '나 아무 말도 하지 않았느니라' 하고 말씀하신 부처님의 말씀을 알아듣는 팔십 대 맛, 아홉 번째 것은 햇볕에 잘 바래진 모시같이 머릿속이 바래지는 구십 대 맛이고, 열 번째 것은 사바 세상과 아미타 세상을 넘나드는 맛이라고 내 은사 스님께서 그러시더라."

차를 마신 다음에는 벽봉이 해우소엘 자주 갔다. 산영은 벽봉이 없는 틈에

"솔직하게 말한다면 나는 차 맛을 몰라. 단맛도 없고 신맛도 없고 마셔서 배가 부른 것도 아니고…… 맹물이나 마찬가지인 이것을 왜 그렇게 마시려 드는지 알 수가 없어."

초의는 산영의 솔직함이 귀여웠다. 빙그레 웃어주기만 했다.

주막에 못 가는 슬픈 결핍

오전에는 스승과 제자가 나란히 엎드려 탱화를 그리고, 오후에
는 스승과 제자가 각기 목탁을 들고 마주 앉았다. 스승이 한 소절
을 부르면 제자가 한 소절을 따라 불렀다. 초의는 한 번 가르쳐준
것이면 틀림없이 그대로 따라했고, 그것을 잊지 않고 재생해냈다.
한데 산영은 늘 잊어버렸다. 기억해낸 몇 소절들도 제대로 재생해
내지 못했다. 초의는 즐거워하고 기뻐하면서 배우는데 산영은 나
날이 고역을 치르듯이 배우고 있었다. 산영의 얼굴은 늘 어두워 있
었다.

초의는 주막에 가지 못하는 것의 서운함과 슬픔을 탱화 그리기와 범패 부르기와 바라춤 추기로 풀었다.

반면에 고통스러워하는 산영의 눈빛과 얼굴색이 초의를 괴롭게 했다. 산영은 초의와 눈길을 마주치려 하지 않았다. 얼굴에 어두운 그늘이 앉고 딱딱하게 굳어졌다. 언제부터인가 말이 없어졌고, 초의에게 짜증을 내곤 했다. 공양과 목욕을 함께하려 하지도 않았다. 벽봉을 시봉하면서 평산굴 안에서 사는 것을 재미없어 했다.

벽봉이 밖에 나간 사이에 산영이 초의에게 말했다.

"나 의순 사제한테 모든 것 다 떠밀어주고 어디로 훅 떠나가버리고 싶다."

"왜 그래요? 저는 산영 사형하고 함께 공부하는 것이 항상 기쁘고 즐거운데요."

초의가 산영의 내리깐 눈을 바라보며 말했다. 산영은 더 말하려 하지 않았다. 산영의 우울함 때문에 이날 초의는 탱화도 잘되지 않고 범패도 잘되지 않았다. 산영이의 탱화 솜씨 범패 소리 바라춤사위는 왜 좋아지지 않을까. 산영은 모든 것을 잘해내는 내 앞에서 주눅이 들어 있다. 왜 자신감을 가지지 못하고 움츠러들기만 한단 말인가.

"사형도 좀만 더 노력하면 다 넉넉하게 할 수 있는 것들이어요. 절망하지 말고 꾸준하게 연습을 해보시요."

산영은 왼고개를 틀면서 퉁명스럽게 말했다.

"의순 사제나 잘해서 큰스님 이쁨 많이 받고 살아."

초의는 가슴이 답답해졌다. 산영의 마음을 달랠 말을 찾을 수 없었다.

산영은 아버지와 어머니의 얼굴을 모른다고 했다. 세 살 되던 해에 벽봉이 어디에서인가 데려다가 키운 것이었다. 벽봉은 장차 자기의 모든 것을 산영에게 물려줄 생각을 하고 있었다. 탱화 단청 바라춤 범패. 한데 초의가 들어온 뒤부터 벽봉의 생각이 달라진 것이었다. 산영은 찬밥 신세가 되어버렸다. 산영은 초의에 비하여 기억력이 좋지 않고 창조력도 없고 눈썰미가 없고 손재주도 없고 감수성도 부족했다. 모든 것을 초의와 함께 배우기는 하지만, 산영은 흉내마저 내지 못했다. 때문에 벽봉은 모든 것을 초의에게 물려주기로 마음을 바꾸고 있는 듯싶었다.

한번은 벽봉이 산영과 초의를 나란히 앉혀놓고 말했다.

"가르쳐준 것들을 열심히 익히도록 하거라. 내가 가르쳐준 것들을 다 익히면 그야말로 보배 중의 보배가 된다. 앞으로는 이런저런 기예를 가진 자들이 대접받는 세상이 될 것이다. 안채비 바깥채비가 되기만 해도 여기저기서 서로 데려갈라고 한다. 거기다가 금어 되고 바라춤 추는 어장이 되어봐라. 바랑 하나만 달랑 지고 어디를 가든지 괄시받지 않게 된다."

산영은 고개를 깊이 떨어뜨리고 있었다.

"너희들 둘 가운데 잘하는 놈한테 의발을 물려줄 참이다. 그렇다고 서로 미워하지는 말어. 내 말은, 서로 시새워서 한 가지라도 더 착실하게 열심히 배워두려고 눈 부릅뜨고 졸음 몰아내가면서 하라는 뜻이다. 물론 서로 잘못한 것이 있으면 가르쳐주고 일깨워 주면서 한 어버이 밑에서 나고 자란 형제보다 더 우애 있게 살아야 한다. 알겠느냐?"

초의는 예하고 대답을 하는데 산영은 입을 굳게 다물고만 있었다.

벽봉이 말을 이었다.

"세상에는 꿀 먹은 벙어리 같은 중들이 얼마나 많은지 아냐? 경전 한 줄도 읽을 줄 모르고, 그러면서도 한소식을 한 선승입네 생불입네 하고 가부좌하고 면벽참선이나 하고 있고…… 또 마을로 내려가면 주막집 중노미만도 못할 것들이 살림중입네 하고 시주로 들어온 돈과 쌀이나 축내고 슬쩍슬쩍 고기 묵고 술 먹고 계집질한다. 자기네 절에서 재 지내는 데에 염불도 제대로 못 하고, 다른 절에 있는 바깥채비들을 불러다가 써서 되것냐? 중질한다고 시주에만 의지하고 사는 것은 기생충하고 똑같은 거다. 한 가지 기술을 가져야 한다. 이 땅의 모든 중이 무슨 기술을 가지든지 한 가지씩을 가져야만 세속 사람들이 중들을 깔보지 않고, 그래야만 이 세상이 불국토가 된다. 농사짓는 기술을 가지든지, 의술 침술을 연마하든지, 목수 일을 배우든지, 미장이 일을 배우든지, 차밭을 일구어서 차를 만들어내든지…… 그런 일을 함으로써 세상을 위해주고 밥을 빌어먹으면서 살아야 한다. 그래야 기생충 말을 안 듣는다. 참선도 물론 해야 하지만, 단청 탱화 바라춤 범패도 잘해야 한다. 나는 이판이니까 참선만 하고 너는 사판이니까 염불하고 탱화 그리고 살림만 하고…… 이것은 틀린 생각이다."

초의는 가슴속에서 아침 빛 같은 광채가 무지갯살처럼 피어나고 있었다. 벽봉의 말대로 모든 것을 다 익히리라 했다. 머지않아 나는 벽봉처럼 보배 중의 보배가 되어 대접받고 살게 될 것이다.

"단청이나 탱화 그리는 것, 아무것도 아니다. 범패도 바라춤도 아무것도 아니다. 단청이나 탱화에는 밑그림 그리는 본이 있지 않으냐? 그 본 놓고 그리고 색칠을 하면 되는 거야. 자, 봐라. 범패에도 가사 적혀 있는 책이 이렇게 전해 내려오고 있지 않으냐? 바라춤도 이렇게 책에 그림이 그려져 있고 설명이 쓰여 있다. 이것들을 네놈들 둘한테 다 물려줄 참이다. 물론 문제는 있다. 이런 밑그림 그리는 본을 가지고 있다고 해서, 가사 적힌 책, 춤사위 그려지고 설명 적힌 책이 있다고 해서 당연히 잘하게 되는 것은 아니다. 제일 먼저 올바른 중이 되어야 해. 착하고 깨끗한 마음 성실한 자세가 있어야 하고 모든 것을 잘 익혀서 요술을 부리듯이 해낼 줄 알아야 한다. 사당패들이 살판 죽을 판 재주를 넘고 공중에서 줄타기하고 바나를 돌릴 때에는 목숨을 걸어놓고 한다. 재주를 넘다가 실수를 하고 줄을 타다가 떨어지면 허리 부러지고 고개가 부러져서 죽어. 바라춤 범패 단청 탱화도 다 마찬가지다. 너희들 둘 가운데서 잘한 놈한테 내가 가진 모든 것을 물려줄 것이다. 더 못하는 놈은 잘하는 놈의 그림자가 되어 평생 동안 도와주면서 사는 것이다. 그렇다고 더 잘한다 싶은 사람을 미워하고 시기 질투하는 놈은 종아리를 맞는다. 행실이 더 나빠지면 아예 쫓아내버릴 수도 있다. 알겠느냐?"

초의와 산영이는 머리를 조아리며 명심하겠다고 대답을 했다.

완호 은사와의 만남

첫눈이 내렸다. 벽봉은 서암으로 그를 데리고 갔다. 서암에는 완호가 주석해 있었다.

"절해라. 나는 니 어무니라면은 오늘부터 이 큰스님께서는 느그 아부지인 셈이다이."

완호는 가부좌를 한 채 말없이 초의의 삼배를 받았다. 옆에 앉은 벽봉이 말했다.

"이놈하고 나하고는 참말로 이상한 인연이요. 이놈이 여그를 오기 전에 이놈 꿈을 거의 날마다 꾸었구만이라우. 이놈 할애비하고 나하고는 동문수학을 한 사이인디, 여그 잠시 두고 본께 쬐깐 느자구가 있어 보이는구만요. 이제부터는 완호당이 잘 좀 다듬어주어야 쓰것소."

완호는 초의의 얼굴을 여기저기 뜯어보았다. 벽봉이 말을 이었다.

"여기 오기 전, 열다섯 살 때까지 할아버지 밑에서 사서삼경을 모두 읽어냈답니다요. 시도 제법 짓고 글씨도 아주 잘 쓰고 그림도 잘 그리고…… 이놈의 할아부지가 욕심이 많은 분이요. 저놈을 삼절로 키울란다고 애를 쓰다가 불행하게 역병으로 돌아가셨는디…… 이놈, 재질도 뛰어나지만 강단도 보통이 넘습니다. 지난해 열여섯 살이었는데, 글쎄, 현감 숙부인의 가마를 메고 남평현 관아에까지 갔다가 왔어요. 지난봄부터 여름까지는 다감 밑에서 찻잎 따고 덖는 일을 끝까지 해냈고, 나한테서 금어와 어장의 일을 다 배웠습니다. 한 번 가르쳐주면은 두 번 가르칠 필요가 없어요. 천재라고 소문난, 아마 호의 하의 못지않은 재목일 것입니다. 완호당이 큰 나무가 되게 잘 좀 다듬고 북돋워주시오."

벽봉의 말을 듣고 난 완호는 초의의 두 눈을 바라보다가 고개를 갸웃했다. 한참 뒤에 서너 차례 고개를 끄덕거린 다음 말했다.

"이놈은 너무 재기가 발랄합니다. 그로 말미암아 생길지도 모르는 오만을 누그러뜨리고 제어할 힘을 이름에 실어주어야겠소. 훗날 '초의草衣'란 호를 주고 싶습니다."

"아, 풀옷이라는 뜻의 초의! 아주 좋습니다. 누구의 시에 '초의'란 말이 있었던 것 같습니다."

벽봉이 찬탄하고 초의에게 말했다.

"초의가 무슨 뜻인지 너는 잘 알 것이다. 자기한테 남다른 재주가 있다고 건방지게 까불지 말고, 항상 풀옷을 입은 사람같이 소박하고 늘 인욕과 하심으로 세상을 살라는 뜻이다."

초의는 완호 앞에 머리를 깊이 조아렸다. 그는 완호를 전부터 알고 있었다. 가끔 산영이와 함께 금강계단에 가서 설법을 들었고, 지나다가 마주치면 합장을 하고 예를 갖추곤 했었다. 키 작달막하지만 몸이 강단지고 얼굴색이 희었고 눈이 푸르고 형형했다. 몸에서인지 장삼자락에서인지 이상스러운 향훈이 번져오곤 했다. 절 안팎에서 완호는 경학과 선에 조예가 깊다고 소문이 나 있었다.

오래지 않아 그 완호 스님으로부터 법을 받는다는 생각을 하자, 초의는 가슴이 두근거렸고 눈앞이 어질어질했다. 벽봉은 이제 그에게 더 가르칠 것이 없으므로, 그를 완호 밑으로 들어가 경학과 선 공부를 하게 하는 모양이다 싶었다.

"대둔사로 가실 때 이놈을 꼭 데리고 가십시오."

벽봉은 완호에게 간곡하게 부탁을 했다. 완호는 고개를 끄덕거리고 나서 차갑게 말했다.

"앞으로 더 두고 봐보도록 하지요."

이 말에 초의는 속이 상했다. 앞으로 더 두고 보다가 믿음직스럽지 않다 싶으면 버리겠다는 것 아닌가.

산영은 초의를 부러운 눈으로 보며 말했다.

"의순 사제는 좋겠네. 중질을 할라면은 은사를 잘 만나야 한다고. 완호 스님은 절집 안에서는 소문난 강백이고 율사여. 완호 큰스님이 대둔사로 데리고 가서 구족계도 주고 그럴 테니 이제 의순 사제 앞길은 탄탄대로네."

그러나 그날 이후 초의에게는 아무런 변화도 생기지 않았다. 완호는 그를 서암으로 불러가려 하지 않았다. 초의는 전과 다름없이 평산굴에 머물면서 탱화를 그리고 단청 공부를 하고, 주막에서 곡차를 받아 나르고 벽봉이 하라는 대로 바라춤을 추기도 하고 범패를 부르기도 했다.

벽봉 대신 범패 하고 바라춤을 추다

이듬해의 부처님 오신 날 아침부터 벽봉은 목에 수건을 두르고 있었다. 간밤에 목이 부어 관욕 의식에서 범패를 할 수 없다고 했다. 자기 대신 초의를 시켰다. 바라춤도 자기 대신 초의로 하여금 추게 했다. 초의는 얼떨떨했지만 벽봉의 강압적인 지시에 따르지 않을 수 없었다.

주지가 절밥을 더 많이 먹은 스님들 중 목소리가 그럴 듯한 스님들을 물색하자고 했지만, 벽봉은 자기를 믿고 초의에게 맡겨보자고 했다.

초의는 목탁을 들고 부처님 전에 섰다. 벽봉에게서 배운 것들을 하나씩 외어갔다. 그의 목소리는 우렁차면서도 옥을 굴리는 듯했다. 장중할 데에서는 장중하고 그윽할 데서는 세상이, 하늘과 땅이 숙연해지도록 그윽했다. 목소리 속에 촉기가 들어 있었다. 도량 안의 스님들은 모두 벌린 입을 다물지 못했다. 모르는 스님들과 신도들은 어디서 바깥채비를 불러왔느냐고 물었다. 사하촌 주막의 주모는 발을 동동 구르면서 고운 목청과 윤기 흐르는 범패 선율을 놀라워했다. 주막집 처녀는 얼굴을 붉힌 채 눈물을 글썽거렸다.

평바라춤까지도 초의가 추었다. 훤칠하게 큰 키에 수려한 얼굴에 유연한 춤사위에 나무랄 것이 없었다. 손에 바라를 들고 있는 것이 아니고, 바라가 그의 몸의 일부인 듯싶었다. 그는 나비처럼 너울거렸고 학처럼 깨끗하고 시원스럽게 춤을 추었다. 바라는 위아래로 번갈아 오르내리고 머리 위에서 맴돌면서 뎅짱 데엥짱 소리를 냈다. 스님들과 신도들은 넋을 놓고 있었다.

내 빛을 내가 부드럽게 하지 못한 죄

그로부터 열흘 뒤에 새로 지은 암자를 단청해달라는 청이 벽봉에게 들어왔다. 벽봉은 그 일을 초의에게 맡겼다. 산영에게는 초의를 따라가서 도와달라고 했다. 초의는 당황했다.

"제가 그 일을 어떻게 감히…… 스님께서 가셔서 이렇게 저렇게 하라고 시키신다면 그대로 따라할 수는 있겠습니다."

"아니다. 너는 할 수 있다. 내 말대로 가서 해라."

벽봉은 산영에게

"초의가 불편 없이 일을 해낼 수 있도록 앞장서서 준비를 해주어라."

하고 말했다. 한데 산영이 대답을 하지 않았다.

"산영이는 왜 대답을 하지 않느냐?"

벽봉이 묻자 산영이는

"저는 지옥하고 극락에 대해서 생각하고 있었사옵니다."

하고 말했다.

"멋이여?"

벽봉은 화를 벌컥 냈다.

초의는 눈앞이 아찔했다.

산영은 벽봉과 초의 사이에서 열패감과 소외감에 사로잡혀 있었다. 벽봉 앞에 무릎을 꿇고 엎드리며 분기 어린 목소리로 말했다.

"저는 무엇입니까? 초의의 몸종입니까 시봉입니까? 왜 제가 초의의 시봉처럼 뒤따라 다니면서 일할 준비나 해야 합니까? 일을 저한테 시키고 초의가 저를 돕도록 해야 되는 것 아닙니까?"

"이놈아, 분수를 알아라. 네놈한테 일을 시키면 차고 해낼 수 있는 머리나 있느냐?"

"그래서 저는 지금 지옥을 생각하고 있습니다. 만일 제가 지금 제 손으로 목숨을 끊는다면 어찌됩니까? 분명 지옥엘 가게 될 것 아닙니까요?"

하고 나서 울음을 터뜨렸다.

164

"이런, 이런, 지지리 못돼먹은 놈, 아이고 이 옹졸한 놈!"

벽봉은 기가 막혀 탄식했다. 그리고 한심하다는 듯 말했다.

"나는 네놈도 초의와 마찬가지로 세상에서 제일가는 금어로 만들고 싶었다. 거기다가 바라춤도 추고 범패도 잘하는 어장으로 만들고 싶었어. 사람에 따라서 일을 빨리 배우는 사람이 있는가 하면 늦게 물리가 터지는 사람이 있는 법이다. 그래서 너보다 뒤늦게 시작했지만 더 빨리 터득한 초의를 따라다니면서 배우라는 것인데…… 쯧쯧쯔쯔…… 네놈은 스승의 뜻을 배반하고 혼자서 이때껏 외구멍만 그렇게 파고 있었구나. 이런 한심한 놈! 죽고 싶으면 당장 나가 죽어라. 나무에 목을 매달고 죽든지 뒷산 절벽에서 떨어져 죽든지, 칼로 배를 가르고 죽든지 청산가리를 한입 털어넣고 죽든지…… 이놈 꼴도 보기 싫다. 당장에 나가거라."

산영은 문을 박차고 밖으로 나갔다. 초의가 뒤쫓아갔다. 초의의 뒤통수를 향해 벽봉 스님이 소리쳐 말했다.

"뭣이 이쁘다고 따라 나가냐? 달래지 마라. 그런 놈은 당장 죽어야 싸다."

쏜살같이 달려나간 산영은 산길로 들어섰다. 산영이 폭포수 앞에 이르렀을 때 초의가 말했다.

"사형, 저하고 이야기 좀 하십시다."

산영은 옥색의 물웅덩이 앞에 주저앉으면서 두 손으로 얼굴을 가리고 울었다. 초의가 앞에 가서 무릎을 꿇고 앉았다. 그 순간 산영이 그에게 덤벼들었다. 무릎으로 얼굴을 들이받았다. 주먹으로 머리를 짓찧고 발길로 걷어찼다. 초의는 뒤로 나자빠진 채 산영의 발길과 주먹을 고스란히 맞았다.

"너 죽이고 말 거야. 너 죽이고 나서 지옥에 떨어질 거야."

초의는 이제야 알아차렸다. 그동안 산영은 나로 말미암아 얼마나 많은 상처를 입었을까. 나는 너무 영리한 체 잘난 체하며 벽봉의 사랑과 기대를 독차지했다. 산영은 나로 말미암아 얼마나 절망감 열패감 소외감에 사로잡힌 채 살았을까. 자기의 아둔함을 얼마나 슬퍼했을까. 내가 벽봉의 모든 것을 물려받을 생각을 하고 기뻐하는 동안 산영은 나를 죽일 생각을 해온 것이다. 지금 내가 산영에게 당하고 있는 것은, 내 빛을 내가 부드럽게 和光同塵 하지 못한 죄다. 풀옷으로 몸을 감싼 사람처럼 자기를 낮추고 살라는 완호 스님의 뜻을 거역한 것이다.

"사형, 내가 잘못했습니다. 내가 떠나가줄 테니 용서해주시오."

초의가 사죄를 했지만, 산영은 초의의 목을 두 손으로 조이기 시작했다. 초의는 캑캑하고 기침을 하면서도 저항하지 않았다. 산영이 차마 자기를 죽이지는 않을 거라고 생각했다. 그러나 그 생각은 잘못이었다. 산영의 손아귀의 힘은 그악스럽게 가해지고 있었고 그는 숨을 쉬지 못했다. 이대로 가만히 있으면 필시 죽게 될 듯 싶었다. 산영의 눈에는 살기가 들어 있었다. 검은 동자에는 독기가 번득거리고 흰자위에는 핏발이 서 있었다. 초의는 사력을 다해 몸을 외틀면서 산영의 손을 뿌리쳐야 한다고 생각했다. 그에게도 산영에게 지지 않은 뚝심이 있었다. 그러나 그는 그렇게 하지 않고 두 손을 저어 보이기만 했다. 용서하라고 말을 하면서. 그의 귀에 아낙의 말이 들리는 듯싶었다. 먼 훗날 그 돈 돌려줄 사람이 따로 있을 것이오. 그는 참고 또 참아냈다.

이윽고 산영이 조이던 목을 풀어주고 두 손으로 얼굴을 가리고 땅바닥에 엎드렸다. 어헉어헉 하고 울기 시작했다. 초의는 몸을 일으키고 산영의 등을 어루만지고 다독거렸다.

"사형, 그동안 내 생각이 너무 짧고 옅었습니다. 용서해주십시오. 이제 모든 것을 알았습니다."

울음을 그친 산영이 몸을 일으키고 물웅덩이를 들여다보며 말했다.

"나 아주 나쁜 악종이다. 정말로 너를 죽이려고 작정했었다. 낮이고 밤이고 너 죽일 생각만 해왔다. 석청 따러 가서 절벽에서 밀어뜨리는 생각도 하고, 이 웅덩이로 몀 감으러 와서 목을 졸라 이 속에 처박아 죽이는 생각도 하고, 칼로 찔러 죽이는 생각도 하고…… 이런 생각을 하면 지옥엘 간다고, 마음을 비우자고 아무리 관세음보살님을 부르고 부처님께 빌어도 안 돼. 이런 놈이 어떻게 중질을 한단 말이냐? 내 인생이 불쌍하고 가련하지 않으냐? 차라리 마을로 내려가서 주막집 중노미질이나 하면서 살까 생각도 했다."

"아닙니다, 사형. 사형은 다만 물리가 늦게 터질 뿐이라고 큰스님께서 말씀하시지 않았습니까? 내가 떠나갈 테니까 그동안 먹은 나쁜 마음 참회하시고 정진하십시오."

산을 내려온 초의는 벽봉에게 독대하기를 청했다. 벽봉은 모든 것을 다 알아차린 듯 입을 굳게 다물고만 있었다. 초의는 벽봉 앞에 무릎을 꿇고 앉아 말했다. 큰스님 밑에서 떠나게 해달라고.

벽봉은 가부좌를 한 채 상체를 양옆으로 천천히 흔들며 맞은편 바람벽을 바라보고 있다가 말했다.

"좀 빠르기는 하지만 일은 잘 풀려가고 있다. 사실 너는 금어나 어장으로서 살아가기에는 너무 아까운 재목이다. 지금 이 길로 월출산 신갑사를 찾아가거라. 거기 가면 얼굴이 달처럼 동글동글한 늙은 스님이 한 분 계실 것이다. 이제 너를 다듬을 수 있는 것은 내가 알기로 그 스님밖엔 없을 듯싶다. 찾아가서 절하고, 이 술주정뱅이가 보내서 왔다고 하거라."

은사에게 든 초의의 반기

그때 문 앞에서 누구인가가 인기척을 했다. 벽봉이 누구냐고 묻자 문밖의 목소리가

"서암 하의이옵니다. 큰스님께서 초의를 데려오라고 하십니다."

하고 말했다. 벽봉은 허공으로 얼굴을 쳐들었다. 초의는 가슴이 꿈쩍했고 얼굴이 화끈 뜨거워졌다. 서암 큰스님이란 완호를 말하는 것이었다. 이제 새삼스럽게 나를 불러오라고 한 까닭이 무엇일까. 초의의 가슴속에 반가움과 반감이 교차하고 있었다.

벽봉은 곧 고개를 끄덕거렸다.

"그래애, 알았다."

하의가 돌아간 뒤 벽봉은 중얼거렸다.

"일이 뜻밖에 더 좋은 쪽으로 풀리는구나."

벽봉은 애초에 초의의 총명과 재기발랄함을 감당할 수 없다고 생각했었다. 그 때문에 언제인가는 큰 바다로 떠나가리라 했다. 큰 바다로 나아가려면 완호 같은 큰 배를 타야 하는 것이었다. 그래서 초의를 완호에게 부탁한 것이었다.

한데 어찌된 일인지 완호는 초의를 서암으로 데려다가 가르침을 주려 하지 않았다. 초의는 하릴없이 벽봉 밑에서 한 해를 더 머물러 있었다. 완호가 자기를 서자쯤으로 여긴 모양이라 생각해버렸다. 그래 좋다, 하고 그는 생각했다. 그를 차갑게 대하는 완호를 따라가지 않고 어머니처럼 그를 보살피는 벽봉을 따라 금어와 어장의 길을 가려고 마음먹었다.

"어서 가봐라."

벽봉은 초의를 재촉했다. 초의는 망설이다가 서암으로 갔다. 그간에 결정한 자기의 뜻을 확실하게 말해주고 돌아와버릴 참이었다.

완호 스님은 어디로인가 떠날 채비를 한 채 초의를 기다리고 있었다. 초의가 안으로 들어서서 절을 하자마자

"너, 나 따라가자."

하고는 몸을 일으키려 했다.

초의의 내부에서는 완호 스님이 나를 버리지는 않는구나, 하는 반가움과 함께 그동안 쌓였던 서운함과 반감이 동시에 일어났다. 내 심사는 헤아려보지도 않고 어찌 이렇게 개처럼 이끌고 가려 한단 말인가.

"어디를 가자는 것이옵니까?"

초의는 완호 앞에 엎드린 채 고개를 꼿꼿이 쳐들고 물었다. 초의의 눈길이 완호의 두 눈을 향해 살처럼 날아갔다. 거기에는, 이때껏 돌아본 체도 하지 않을 때는 어떤 심사였고, 이제는 또 어떤 심사로 어디로 데려가려 하십니까, 하는 뜻이 담겨 있었다.

"대둔산으로 가는 길이니라."

완호 옆에는 두 상좌 호의 하의가 떠날 채비를 하고 서 있었다.

"싸게 가서 바랑 지고 나오시오."

호의가 말했다.

"저는 스님의 그림자처럼 따라갈 수 없습니다."

완호는 어처구니가 없었다.

"뭣이라고? 그림자라고? 너 그림자가 무엇인지나 알고서 하는 소리냐?"

완호는 짊어졌던 바랑을 내려놓고 방바닥에 주저앉아 초의를 건너다보았다.

"큰스님에게는 큰스님의 그림자가 있고 제게는 제 그림자가 있습니다. 제 갈 길을 더 가는 데까지 가보고 훗날 제 마음이 동하여

171

큰스님 생각이 나면 그때 다시 찾아뵙고 종아리를 걷어올리겠사옵니다."

초의는 말을 마치자 절하고 밖으로 나와버렸다. 완호는 방자하기 이를 데 없는 초의의 뒷모습을 멍히 바라보다가 어허허허 하고 웃었다. 호의와 하의가 달려와 초의를 붙잡았지만 초의는 그들을 뿌리치고 평산굴로 돌아와버렸다. 그리고 완호가 자기를 따라 대둔산으로 가자고 했지만 따라가지 않은 까닭을 말했다.

"아니 이런 못된 놈! 이놈이 장차 뭣이 되려고!"

벽봉은 소리쳐 꾸짖었다. 그러나 곧 초의를 덥썩 끌어안은 채 허공을 향해 "어허허허허허허……" 하고 웃어댔다.

五

햇살은 말갛게 상서로운 기운을 품었고 꽃들은 향기를 품으며

새 가지에서 춤춘다.

초의의 시

천 강을 비치는 달

초의는 바랑 하나를 짊어지고 길을 나섰다. 법을 전해준 완호가 호의와 하의를 데리고 나선 길을 그도 나서고 있었다. 그렇지만 완호를 따라가지는 않을 참이었다. 벽봉이 일러준 월출산 신갑사로 달을 보러 갈 참이었다. 거기에는 어떤 달이 있기에 그 절로 가보라는 것일까.

산영이 일주문까지 따라 나와주었다. 산영은 그의 목을 훑어 죄어댄 것을 진심으로 사죄했었다. 돌아다니다가 지치면 언제든지 다시 돌아오라고 산영이 말했다. 초의가 다시 돌아와 탱화를 그리거나 어디로 범패를 해주러 가거나 바라춤을 추어주러 가면 절대로 초의를 시기 질투하지 않고 뒤따라 다니면서 뒷바라지를 해주겠다고.

초의는 산영에게 합장을 하고 고개를 끄덕거려주었다.

"나 사형 마음 다 알고 있어요."

절 아랫마을을 양옆으로 감싼 채 흘러온 산줄기의 검푸른 적송 숲 사이사이에 새빨갛게 단풍 든 옻나무와 단풍나무와 산벚나무들이 요염하게 몸을 사리거나 외틀고 있었다. 지붕에는 빨간 고추와 목화송이들이 널려 있었다. 들판은 황금빛으로 물들었고 길섶의 쑥부쟁이꽃과 구절초꽃들은 밤하늘의 별 떨기처럼 반짝거렸다.

"원효 스님처럼 가든지 의상 스님같이 가든지 진묵 스님같이 가든지…… 보우 스님처럼 가든지 너 알아서 한번 가봐라. 가다가 배고프면 바라춤도 춰주고 단청도 해주고 탱화도 그려주고 범패도 해주고 그러면서……"

벽봉은 곡주 기운으로 발그레해진 얼굴로 웃으면서 초의를 보내주었다.

절 아랫마을의 주막 앞을 지나면서 몇 번이든지 들어가서 처녀를 만나고 싶었다. 그녀에게만은 작별 인사를 하고 가고 싶었다. 가슴이 아렸다. 소중한 어떤 것인가를 잃어버리고 가는 것 같았다. 이제 헤어지면 다시는 만날 수 없을 듯싶었다. 일단 주막을 지나쳤는데 걸음이 자꾸 주춤거렸다. 몸을 돌리고 싶었다. 그렇지만 발을 돌리지 않았다. 이제 그는 철부지의 행자가 아니었다. 계를 받은 사미승이었다.

동구 밖으로 나서는데 뒤에서 누군가가 급히 따라오며 "스님, 스님!" 하고 불렀다. 주막집 처녀의 목소리였다. 그 목소리가 뒷덜미를 잡아챘다. 그렇지만 뒤돌아보지 않고 걸음을 재촉했다.

초의는 힘들게 싸우고 있었다. 그에게는 두 개의 마음이 있었다. 세속의 일들과 관계 맺은 것을 버리기 안타까워하는 마음과 칼로 자르듯이 쳐내고 훌훌 떨쳐버리고 앞만 보고 꿋꿋하게 나아가야 한다는 마음. 그 둘은 오랫동안 다투곤 하지만 그러다가는 늘 뒤의 마음이 이기곤 했다. 주막집 처녀를 두고 벌인 싸움에서도 뒤의 마음이 이기고 있었다. 그 이기고 있는 마음을 보며 초의는 서운해하고 슬퍼하면서 동시에 즐거워하고 있었다. 서운해하고 슬퍼하는 마음 위에다가 월출산 신갑사에 가서 만나게 될 달을 올려놓았다. 총총히 걸었다. 먼 훗날 그 돈 돌려받을 사람이 따로 있을 것이오. 이 말을 가슴속에 깊이 간직한 채.

"스님, 잠시만 제 말씀을 들어주십시오. 잠시만요. 스님, 스니임."

처녀의 목소리가 점차 멀어져갔다. 내를 만났고 징검다리를 건넜다. 이 물은 어디서 흘러와서 어디로 가는 것인가. 나는 어디로 흘러가는 것인가. 쪽빛 하늘에도 초의처럼 남으로 흘러가는 것이 있었다. 흰 구름이었다.

누리 들머리 주막에서 요기를 하고 주암마을을 지나 큰 골로 들어섰다. 양쪽으로 우뻿쭈뻿한 기암괴석으로 된 봉우리들이 첩첩하게 병풍처럼 늘어서 있었다. 신갑사에 도착하기 전에 날이 저물겠다고 주모가 말했지만 무릅쓰고 나섰다. 가다가 저물어 못 가면 낙엽을 긁어모아 덮고 자고 가겠다고 생각했다.

신갑사神岬寺는 구정봉 밑에 있는 자그마하고 허름한 고찰이었다. 구정봉은 산봉우리라기보다는 산맥처럼 뻗은 드높은 재였다. 숲에 묻힌 가파르고 오불고불한 자드락길을 따라 나아갔다.

단풍이 들기 시작한 산봉우리 위로 새빨간 노을이 타올랐다. 구정재의 관처럼 솟아 있는 바위가 불타고 있는 듯싶었다. 오른쪽의 노적처럼 생긴 봉우리에서 흘러내린 능선이 동북쪽으로 휘움하게 벋어가고 있었다. 그 능선을 등진 어웅하고 안존한 계곡에 암자만한 작은 절은 앉아 있었다. 주위에는 소나무숲이 무성했고 절 마당 앞으로는 시냇물이 흐르고 있었다. 마당 안쪽에 기와로 지은 자그마한 여염집 같은 맞배지붕의 대웅전이 있었다. 대웅전 앞에는 삼층 석탑과 석등이 있고, 왼쪽 뒤란에는 상여집만 한 산신각이 있고 오른쪽 뒤란에는 마찬가지로 왜소한 지장전이 있고 그 아래 언덕 밑에는 방 세 칸 부엌 한 칸인 요사채가 있고, 거기에서 옆으로 자그마한 언덕을 몇십 걸음 돌아가서 해우소가 있었다.

초의가 들어서자 발짝 소리를 들은 열두어 살쯤의 동승이 문을 열고 나왔다.

월명 스님 계시느냐고 물으니 동승은 말없이 그를 요사채 가운데 방으로 안내했다. 널찍한 방이었다. 방바닥 한가운데에는 그림을 그리다 둔 화선지와 벼루와 먹과 붓이 놓여 있었다.

화선지의 그림은 수묵화였다. 안개가 산허리를 휘감고 있고 강에는 거룻배 한 척이 떠 있고 그 위에는 알상투의 어옹이 강물 속의 달을 건져 올리려 하고 있었다. 강 이쪽 언덕에는 봄꽃이 만발해 있었다. 아랫목에 체구 자그마한 노스님이 누워 있었다. 초의는 문득 할아버지가 떠올랐고 가슴에 쓰라린 전율이 일었다. 할아버지는 수묵화를 그리다가 그것을 완성시키지 못하고 구겨버리곤 했었다. 연못 속에 비친 자기 얼굴을 내내 들여다보다가 들어와서 한 늙은이의 초상화를 그리기도 했었다. 물론 그것도 완성시키지 못하고 구겨버렸었다.

노스님의 얼굴은 동글납작하고 창백했다. 이 스님이 월명 스님인가보다. 그는 절을 하고 나서 말했다. 벽봉 스님께서 찾아뵈라고 해서 왔다고.

노스님은 초의의 말이 들리는지 들리지 않는지 알은 체하지 않았다. 깊은 잠이 든 듯 눈을 감고만 있었다. 초의는 계속해서 무릎을 꿇고 있었다. 무릎이 아프고 발이 저려왔다. 문종이가 불그죽죽해지는 듯싶더니 땅거미가 내리고 있었다. 밖에서 발짝 소리가 들렸다.

"아마 반가운 손님이 오셨는가보다. 오늘은 집에 빨리 오고 싶어져서 한 번도 쉬지 않고 달려왔다."

굵고 탁한 젊은 남자의 목소리가 들려왔다. 동승은 대꾸를 하지 않았다. 초의는 밖으로 나가보고 싶었지만 참았다. 노스님이 무어라고 말을 할 듯싶어서였다. 그러나 끝내 말을 하지 않았다. 그때 동승이 들어와 눈짓으로 초의를 불러냈다.

밖으로 나가자 금방 들어온 젊은 수좌가 바랑을 벗어놓고 수각에서 물을 푸고 있었다. 몸이 호리호리하고 얼굴이 세모꼴이었다. 눈썹밭이 좁았고 속눈썹이 여치의 그것들처럼 길었고 코는 운두가 높았다. 물통에 물 두 바가지를 붓고 그것으로 손과 팔과 얼굴을 씻었다. 초의는 젊은 수좌에게 합장을 했다.

"운흥사에서 온 의순이옵니다."

"무성이옵니다."

젊은 수좌가 그윽하게 웃으면서 마주 합장을 했다. 그 수좌의 흰자위 많은 눈꼬리가 가늘어졌다.

"스님, 시장하시지요? 잠깐 기다리십시오. 제가 얼른 공양을 지어 올릴게요. 기다리시는 동안 잠시 산책을 하고 오셔요."

동승은 시루에서 길러낸 콩나물을 다듬고 있었다. 초의는 동승 옆으로 가서 콩나물 다듬는 일을 거들었다.

젊은 수좌는 바랑에서 탁발해온 곡식 자루와 미역 한 다발을 꺼냈다. 자루 속에는 보리와 쌀이 섞여 있었다. 그것을 바가지에 퍼 넣고 수각으로 가지고 가서 씻었다.

동승이 밥솥에 불을 지폈다. 밥이 끓었다. 그때 방에서 노스님이 문을 열고 나왔다. 초의는 합장을 하고 머리를 숙여 절을 했다.

공양을 하고 났을 때 노스님이 초의를 향해 말했다.

"이따가 뒷등 기슭에 올라가봐라. 거기 한 스님이 너를 기다리고 있을 것이다."

이어 젊은 수좌를 향해 말했다.

"무성이가 데리고 가거라."

무성이 앞장서고 초의가 뒤를 따랐다. 귀뚜라미들과 풀벌레들이 울었다. 뒷등 기슭까지는 별로 멀지 않았다. 자드락길을 따라 소나무숲을 올라가자 밋밋하게 흘러내린 능선이 나왔고 그 한곳에 평상처럼 편편한 바위 하나가 누워 있었다. 무성은 그 바위 앞으로 가서 엉덩이를 붙이고 앉았다. 초의는 무성의 옆에 가서 섰다. 무성은 초의를 아랑곳하지 않고 허공을 쳐다보았다. 무성의 눈길이 가닿는 곳에 달이 떠 있었다. 한쪽 현이 약간 덜 일어나 있는 열사흘 밤 달이었다.

초의는 달을 쳐다보다가 능선 아래쪽과 위쪽을 살폈다. 사방을 둘러보았다. 여기 어떤 스님이 나를 기다리고 있단 말인가. 이 근처에 암자가 있을까.

"여기 어떤 스님께서 저를 기다린다는 것인가요?"

무성은 대꾸하지 않았다. 초의는 무성이 딴생각을 하느라고 자기 말을 듣지 못했는지도 모른다 싶어 다시 물었다. 무성은 마찬가지로 대꾸하지 않았다. 달을 쳐다보고 있을 뿐이었다. 초의는 무성이 쳐다보는 달 속에 월명 노스님의 어떤 비의가 들어 있는지 모른다고 생각했다.

수묵으로 그려놓은 듯한 산골짜기는 보얀 달안개에 젖어 있었다. 들판과 그 가운데를 흐르는 강물은 달빛에 하얀 등을 드러냈다. 골짜기 아래쪽에서 소란스러운 소리가 들려왔다. 우수수. 그 소리 들린 지 잠시 뒤에 골짜기 아래쪽에서 바람이 불어왔다. 그 바람이 그의 살갗을 스쳤다.

그때부터 무성이 『천수경』을 외기 시작했다. 옥구슬을 굴리는 듯한 소리였다. 다라니와 경구들의 굽이굽이를 엮어가는 소리가 어웅한 골짜기를 울리고 하늘로 퍼져갔다. 그때 절 쪽에서 검은 그림자 하나가 올라왔다. 동승이었다. 동승은 달을 쳐다보면서 무성을 따라 경을 외었다. 하나는 굵고 다른 하나는 가느다란 두 사람의 목소리가 한데 어우러졌다. 어떤 곳에서는 편경을 치는 소리 같고 또 어떤 대목에서는 향 맑은 시냇물처럼 굽이져 흘렀다.

그 경을 다 외고는 「법성게」를 외고 『금강경』을 외었다. 초의는 부끄러웠다. 그는 그것들 어느 것 하나도 외지 못했다. 『금강경』을 외고 난 무성과 동승은 『유마경』을 외었다. 달이 서쪽으로 기울었을 때에야 그들의 경전 외기는 끝이 났다.

"내일부터 저희들하고 함께 경을 외시지요. 곧 큰스님께서 시험

하실 겁니다."

하고 나서 무성이 절로 돌아가려 했다. 초의가 무성에게 물었다.

"아니 아까 노스님께서 여기 어떤 스님인가가 저를 기다리고 계실 거라고 하시지 않았습니까요?"

하고 물었다.

무성은 그의 말을 아랑곳하지 않고 산을 내려가는데 동승이 말없이 달을 손가락질해주었다. 그 순간 초의는 아하, 하고 속으로 부르짖었다. 그가 붕 날아서 달 속으로 들어갔고 그 달이 그의 가슴속으로 날아들었다. 그는 달처럼 환해지고 있었다. 부처님의 말씀이 거기 있었다. 세상에 떠도는, 지혜라든지 색色이라든지 공空이라든지 깨달음覺이라든지 하는, 돌멩이처럼 뭉쳐진 말(관념)의 덩어리들과 다른 진짜 말씀이 거기에 어려 있었다. 천 개의 강에 비쳐진 것들이 그 천 강으로부터 역으로 치솟아오르는, 그리하여 우주를 가득 채워버린 말씀의 향기. 아무리 마시고 먹어도 배부르지 않고 취하지도 않는 부처님의 시공이 거기 있었다. 그 시공은 그가 어린 시절 물속에 빠졌을 때 본 푸른 어둠을 품고 있었다. 어머니 할아버지 아버지가 소멸되어간 세계도 거기 있었다. 그가 돌아갈 세상도 거기에 있었다.

초의는 가슴이 설레었고 몸속의 피가 미칠 듯한 기세로 울울울 전신을 휘돌고 있었다. 으악 하고 달을 향해 탄성을 질렀다. 세상이 여느 때보다 더 환해져 있었다. 세상이 환해진 것이 아니고 그의 눈이 밝아져 있었다.

산에서 내려오자 노스님이 불렀다. 노스님 앞으로 가서 무릎을 꿇었다.

"그 스님 만나보았느냐?"

"말씀만 꽉 차 있었습니다."

"또 없더냐?"

"팔만대장경을 태운 불티들이 바야흐로 재가 되고 있었습니다."

노스님이 눈살을 찌푸린 채 초의의 초롱초롱한 눈을 건너보다가 무뚝뚝하게

"이놈, 너 아주 사람 뭇 잡아먹을 놈이로구나!"

하고는 허허허허 하고 웃었다.

머릿속이 달빛 세상처럼 환해져 있었다. 시간이 흐르지 않고 멈추어 서버렸다. 백야가 계속되었다. 빛바람이 가득 찬 머릿속이 터질 것 같았다. 머릿속의 불을 끄고 편안하게 잠들고 싶었다. 이 불을 어떻게 끌까. 멈춰선 시간의 물꼬를 터서 흐르게 하고 싶었다. 이놈, 너 사람 뭇 잡아먹을 놈이구나, 하던 월명 노스님의 말이 귀에 살아 있었다. 다른 사람들을 잡아먹기 전에 내가 먼저 죽겠다. 새벽 도량석과 예불을 하고 나니 월명이 다시 무성을 따라가보라고 했다. 무성이 앞장서서 걸었다. 산을 올랐다.

"오른쪽으로 보이는 것이 노적봉이고 앞에 보이는 것 두 봉우리

가 침봉하고 향로봉입니다. 왼쪽으로 아득하게 보이는 것은 천황 봉이고. 금강산보다 이 산이 오히려 더 기기묘묘하다고들 합니다. 일설에 의하면, 이 땅에 오신 부처님께서 백두대간 한가운데 강원도 동북쪽 땅에다가 이 사바세계에서 제일로 아름다운 금강산을 만들기 위해서 조선 땅 안에 흩어져 있는 모든 기암괴석으로 된 산봉우리에게 달려오라고 명령을 하셨답니다. 월출산도 금강산을 향해 가려고 했는데, 이 산에 달린 봉우리들이 너무 많은지라 이 봉우리 저 봉우리들을 챙기느라고 며칠 동안 지체를 했답니다. 그사이에 먼저 온 봉우리들이 강원도 동북쪽을 다 차지해버렸습니다. 그런 까닭으로 부처님께서 문수사리보살님을 시켜서, 월출산 그대는 전라도 땅에 그냥 있으면서 훌륭한 인물이 배출될 수 있게 하라고 했답니다. 그래서 이 산 아래 구림에서 도선국사가 태어나셨다 합니다."

구정재 가까이 오르자 거대한 암벽 하나가 나오고 거기에 불상 하나가 새겨져 있었다.

"잘 보십시오. 선재소년상이 이 속에 들어 있습니다."

무성이 이렇게 말하고 그 앞에 엎드려 절을 했다. 초의는 그 불상을 쳐다보았다.

암벽을 탑 기단석의 방처럼 파고 그 안에 상을 부조로 새겨놓았는데, 밋밋하게 깎은 머리 위에 육계肉髻가 있고 네모진 얼굴은 몸에 비하여 큰 편이었다. 약간 치켜 올라간 눈꼬리와 꼭 다문 입에

185

서 엄숙한 분위기가 풍겼다. 옷은 얇아서 몸의 굴곡선이 그대로 드러났다. 빛살 배경은 음각선으로 표현했고, 거기에는 연꽃무늬와 당초무늬를 새겨두었다. 그 불상 오른쪽 무릎 옆에 무거운 물건을 든 소년 하나가 조그마하게 부조되어 있었다.

"이 조그마한 상이 선재소년입니다."

선재가 만일, 어느 날 문득 자기 머릿속에 빛바람이 꽉 차 있었다면 그것을 어떻게 빼냈을까. 초의는 선재소년을 향해 절을 하고 또 했다. 선재는 한 손에 들고 있는 물건이 매우 무거운 모양이었다. 그 무게로 말미암아 허리와 몸통이 한쪽으로 휘어져 있었다. 그래도 얼굴에는 자신감이 넘치고 있었다.

달의 그림자

    동승이 물었다. "항하의 모래알들과 하늘의 달빛 오라기들과 그대 머릿속에 들어차 있는 빛바람 알맹이들, 이 셋은 어느 것이 더 많습니까." 초의는 대답을 하지 못하고 절절맸다. "그것도 모르시오? 그 셋은 똑같소." 아, 탄성을 지르면서 초의는 눈을 번쩍 떴다. 꿈이었다.

    이튿날부터 그는 무성이 내준 경전들을 부지런히 읽었다. 동승과 함께 뒷등 능선으로 가서 경전 외우기 내기를 했다. 겨울이 지나고 봄이 왔다. 산수유 향기가 골짜기를 흔들어댔다. 진달래가 불처럼 타올랐다. 이 숲 저 숲에서 두견새가 울었다.

월명이 초의를 불러 앉히고 물었다.

"경전은 어째서 외우고 염불은 왜 그렇게 열심히 하느냐?"

"집 지으려고 지금 터를 닦고 있습니다."

"집은 텅 비고 고요한 세계虛寂일 뿐이다. 그 속에 무엇을 들여 놓을 것이냐?"

"강물 건널 진흙소를 살게 할 것입니다."

"오늘 밤 달을 한 번 더 자세히 봐라. 그 달 옆에 그 달의 그림자 가 있을 것이다."

그날 밤 뒷등으로 올라가서 떠오른 만월을 보았다. 모든 달은 그 림자를 동반하고 다니는데 내가 이때껏 그것을 발견하지 못했다는 말인가. 그는 달을 뚫어지게 보고 또 바라보았다. 그렇지만 그림자 를 찾아볼 수 없었다.

새벽녘에 그가 하산했을 때 월명의 방에는 촛불이 환하게 밝혀 져 있었다. 월명의 목소리가 들려왔다.

"달그림자를 보고 왔으면 이리로 들어와서 그게 잊혀지기 전에 화선지에다가 그려놓고 자거라."

그는 우뚝 발을 멈춘 채 월명의 방문을 바라보았다. 달그림자가 어떻게 생겼단 말인가. 월명의 방 안으로 들어갔다. 방 한가운데에 화선지가 펼쳐져 있고, 화선지 옆에는 벼루와 붓 네 자루가 놓여 있었다.

꿈을 꾸고 있을까. 아니면 귀신을 만나고 있는 것일까. 그래서 이 절 이름이 신갑사일까. 초의는 화선지 앞에서 절망했다. 달그림자는 어떻게 생겼는가. 스스로 빛을 내는 달에게 그림자가 있기는 있는 것인가. 나는 그 그림자를 보는 눈을 가지지 못했을까. 어떻게 하면 달의 그림자를 볼 수 있을까. 화선지 앞에 무릎을 꿇었다. 붓을 들어보지도 못한 채 이마를 방바닥에 처박았다.

六

어제 저녁 울던 사슴은 어디로 갔는가,

티끌 묻은 머리털이 시냇물에서 웃고 있는데.

초의의 시

눈의 무게를 견디지 못한 나뭇가지 꺾이는 소리

  먼 곳에서 설해목 꺾이는 소리가 들려왔다. 이어서 가까운 곳에
서 눈더미 허물어져 떨어지는 소리가 들렸다. 그 소리의 파장 때문
인 듯 문풍지가 미세하게 떨고 있었다.

  "왔다. 나가봐라."

  잠든 듯싶던 초의가 속삭이듯이 말했다. 나지막하면서도 야릇
한 공명을 일으키는 목소리였다.

  자운은 육체와 영혼을 함께 공명하는 목소리에 대한 이야기를
자상하게 들었다. 한번 세상을 떨게 하고는 그냥 사라지는 소리가

있고 영원히 사라지지 않는 소리가 있다고 했다. 초의의 목소리는 사라지지 않는 목소리라고 그니 은사의 은사인 니지현순이 말했었다. 그 스님의 목소리는 우주를 울린다. 앞으로 돌아올 몇천 억겁 동안 화엄의 바다를 맴돌 것이다. 정말 그 공명은 그니가 앉아 있는 시공 안에서만 일어나는 것이 아닌 듯싶었다. 그니로서는 알 수 없는 멀고 깊고 높은 어떤 세계에까지 미치고 있는 듯싶었다. 그렇다고 느끼자 온몸에 전율이 일어났다. 그니는 진저리를 치며 금방 말을 뱉어낸 초의의 얼굴을 들여다보았다. 주름살 짙은 살갗 여기저기에 보라색 섞인 암갈색의 저승꽃들이 피어 있었다. 자그마한 목침처럼 직사각형인 얼굴이었다. 광대뼈는 튀어나오고 볼은 오목 들어갔다. 눈썹도 희고 머리털들도 희었다. 볼의 근육이 한 번 움직거렸고 속눈썹들이 한두 번 하늘거렸다. 초의의 눈과 귀와 살갗의 감각들은 눈 쌓인 마당으로 나가 있었다.

"그 큰스님은 시도 잘 짓고 글씨도 잘 쓰시고 묵화도 잘 치시고……."

니지현순은 혼자 살다가 떠나간 것이 아니었다. 사시사철 밤이나 낮이나 앉으나 서나 공양을 하거나 꿈을 꾸거나 염불을 하거나…… 초의 스님하고 함께 살다가 떠나갔다.

니지현순이 혼자서 내밀하게 꾸며놓은 방이 있었다. 그니가 거처하는 방의 미닫이 저쪽에 있는 또 하나의 방이었다. 그 방에는 겨울철에 덮을 두꺼운 이부자리, 여름철의 마포 덮자리, 봄가을철의 겹으로 된 가는베 덮자리와 베개들이 모두 갖추어져 있었다. 만일 큰스님이 오신다면 철 따라 갈아입힐 누비옷과 모시옷과 무명옷들과 갈아 신길 버선들이 장롱 속에 차곡차곡 쌓여 있었다. 아랫목 구석에는 책상이 놓여 있고 그 위에는 굵고 가는 붓들이 꽂혀 있는 붓통과 먹과 벼루와 화선지들이 준비되어 있었다. 연경에서 들여온 것들이었다. 그 옆에는 분청의 찻주전자와 찻잔들 놓인 쟁반이 있었다. 아랫목 바람벽에는 열두 폭 병풍이 둘러쳐져 있었다. 병풍의 그림은 〈신선도〉였다. 그 앞에는 연꽃무늬 방석이 놓여 있었고 바람벽 쪽에 등받이와 팔걸이가 있었다. 계절이 바뀌면 한 번도 사용한 적이 없는 이불이나 베개나 옷이나 버선들을 빨아 널고 그것을 마름질하여 다시 제자리에 놓아두었다.

그러나 니지현순은 한 번도 큰스님을 그 방에 모셔보지 못한 채 떠나갔다. 일지암 선기 스님에게 자운을 보내서 초의 큰스님의 시봉을 해드리도록 하라는 유언을 남기고.

자운은 그림자처럼 소리 없이 몸을 일으켰다. 문을 열고 나갔다. 툇마루로 나간 그니의 몸에는 오소소 소름이 돋고 있었다. 그것이 온몸에 전율을 일으켰다. 그니는 눈을 의심했다. 마당 한가운데에 꽃사슴 한 마리가 서 있었고, 그 사슴은 툇마루에 선 그니를 애처로운 눈빛으로 쳐다보고 있었다.

두 해 전의 겨울부터 많은 눈이 내리면 늘 있어온 일이었다. 꽃사슴이 뜯어먹을 만한 것들은 모두 눈에 덮여 있었다.

초의는 방 안에 누운 채 그 꽃사슴 온 것을 알았고, 그니는 그의 말에 따라 밖으로 나와야 했다. 이후 그니가 하는 일은 정해져 있었다. 뒤란 바람벽에 기대 쌓아놓은 마른풀 묶음 하나를 들고 나와 꽃사슴에게 주는 것이었다. 그것은 초의가 초가을에 꽃사슴을 위해 준비해놓은 것이었다.

꽃사슴은 마른풀을 먹기 시작했다. 문이 푸지직 열리고 초의가 문틀에 상체를 기댄 채 꽃사슴을 내다보았다. 꽃사슴의 눈길과 초의의 눈길이 마주쳤다. 그 눈길들이 그윽해졌다. 두 눈길의 슬픈 교통 교감에 자운은 가슴 한복판이 저렸다. 옆방에 있던 선기가 장지문을 열고 다가가 초의의 등 뒤쪽에 앉아서 상체를 부축해주었다.

"바람이 찹니다. 큰스님!"

자운이 말했지만 초의는 그 말이 귀에 들리지 않는 듯 꽃사슴과 눈길을 나누고 있기만 했다. 저 꽃사슴에게는 누군가의 혼령이 실려 있는지도 모른다. 초의는 그게 누구인가를 알고 있지 않을까.

그 사실을 믿으려 하지 않으면서도 초의는 그 사람이 자기를 데리러 온 거라고 생각했다. 그 꽃사슴의 주인이 자리 잡고 있는 세상은 어디쯤에 있는 어떤 곳일까.

허기진 배를 채운 꽃사슴이 골짜기의 눈발 속으로 사라지는 것을 보고 나서야 초의는 몸을 돌렸다. 선기가 부축하여 안으로 모셔

들여 눕히고 이불을 덮어주었다. 찬바람을 쐰 탓으로 숨이 가빠져 있었다.

초의는 눈을 감았다. 바깥 눈 세상의 흰 빛살이 눈두덩에 내려앉아 푸른 어둠을 만들고 있었다. 장지문 앞으로 가려던 선기가 자운을 보았다. 자운은 선기의 눈빛이 무엇을 말하는가를 알고 있었다. 따스한 차는 가쁜 숨을 진정시키는 것이었다.

그니는 초의의 얼굴 가까이에 입을 가져다 대고 속삭이듯이 물었다.

"큰스님, 차 올릴까요?"

초의는 고개를 끄덕거렸다. 미음 공양을 한 다음에도 초의는 반드시 차를 마셨다.

선기가 화로 위에서 끓고 있는 물주전자를 들어다가 차 쟁반에 놓아주었다. 자운은 차 쟁반 앞에 무릎을 꿇고 앉아 찻잔을 뒤집어 놓고 무쇠로 된 까만 찻주전자에 물을 반쯤 차오르게 부었다. 차 봉지를 내놓고, 찻주전자를 두 손바닥으로 감싸 온도를 측정했다. 잠시 뒤 대롱으로 된 찻숟가락으로 차 가루를 떠냈다. 그것을 찻주전자 속에 넣고 뚜껑을 덮었다. 다시 찻주전자 몸통을 두 손바닥으로 감싸면서 기다렸다. 배릿한 차향이 주전자 주둥이를 통해 번져 나왔다. 차향은 날개를 저으면서 초의와 자운의 콧속으로 흘러들어갔다. 자운은 차향을 흠흠하고 들이켰다. 세상에서 가장 행복한 사람은 차를 내리는 사람이라고 초의가 그랬었다. 차 내리는 사람은 배릿한 차향을 가장 많이 맡는다. 그 차향은 우주의 가장 깊은 핵 속에 뿌리를 대고 있는 것이다.

"큰스님, 차 내리겠습니다."

초의는 일어나려 하지 않았다. 사슴을 보면서 힘을 많이 써버렸으므로 맥이 풀린 것일까.

선기가 자운에게 눈길을 건넨 다음 턱으로 초의를 가리켰다. 자운이 그 뜻을 알아차리고 몸을 일으켰다. 선기가 자운이 앉아 있던 자리로 갔다. 자운은 초의 머리맡에서 무릎을 꿇고 앉아 초의의 목덜미 밑으로 오른쪽 팔을 밀어 넣었다. 일으켜 앉히려는 것이었다. 한데 초의가 자운의 손을 밀어내고 혼자서 몸을 일으켰다. 자운은 초의가 앉아 있을 수 있도록 등 뒤에서 부축해주었다. 선기가 잔에 차를 부어 초의 앞에 내밀었다. 초의는 한 손으로 찻잔을 받아 코에 댔다. 한동안 향기를 맡았다. 향기가 느껴지는 듯 고개를 끄덕거렸다.

선기와 자운의 눈길이 허공에서 잠시 마주쳤다. 물의 뜨겁기와 차 우러난 시간이 맞았고, 그리하여 차의 향과 맛과 색깔이 제대로 되었음을 다행스럽게 생각하고 있었다.

차를 마시는 데 있어서 초의의 입맛은 까다롭지 않았다. 짜면 짠 대로 싱거우면 싱거운 대로 고개를 끄덕거려주곤 했다.

차를 다 마시고 난 초의가 찻잔을 선기와 자운에게 들어 보이고 턱짓을 했다. 너희들도 마셔라. 초의는 한사코 차를 함께 마시려고 들었다. 차 마시는 데 있어서 어른과 아이의 차별은 있을 수 없다는 것이었다.

"큰스님 다 드신 다음에 저희들은 마실게요."

차 두 잔을 거푸 마신 다음 초의는 다시 자리에 누웠고 눈을 감았다. 선기와 자운은 남은 차를 한 잔씩 마신 다음 차 쟁반과 찻잔들을 씻어 간수했다.

"나 어린 시절에……."

초의가 유언을 한다 싶어 선기와 자운은 스님 앞에 무릎을 꿇었다.

눈송이 쌓이는 소리가 들려왔다. 바야흐로 근처의 숲에서 또 하나의 설해목이 꺾이고 있었고 그 울림으로 말미암아 처마에 얹히어 있던 눈 한 무더기가 마당으로 떨어졌다.

"나 어린 시절에, 조부님께서 이런 이야기를 하신 적이 있었느니라. 조부님은 늘『주역』을 옆에 두고 사시던 어른이셨다."

초의는 말을 멈추고 숨을 가쁘게 쉬었다. 선기와 자운은 숨을 죽이고 초의의 창백한 얼굴을 내려다보았다. 초의가 말을 이었다.

"『주역』「계사상전繫辭上傳」에…… '상象은 성인이 천하의 눈에 보이지 않는 심오한 법칙을 보고, 그 형용을 모방하여 이 물건 저 물건에다 적당하게 형상화形象化한 것이다' ……이제 생각하니 조부님께서는 그때 어린 나한테 상象의 뜻을 가르쳐주시려던 것이지. 한 번은 마당 가장자리에 난 새끼손가락만 한 어린 소나무를 보고는 나를 불러 앉히고 이렇게 말씀을 하셨느니라."

한동안 말을 끊고 가쁜 숨만 쉬었다. 쌓인 눈 무너지는 소리가 흘러들었다.

"연못 서쪽 언덕 위에 늙은 적송 한 그루가 있었는데 그 밑동 옆에 납작한 바위 하나가 있어서 조부님께서는 그 위에서 가부좌를 하고 무슨 생각엔가 잠겨 있으시기도 하고, 벗들하고 시회를 하기도 하고 그러셨다. 벗들이라고 해보아야 벼슬 못 하고 향리에 사는, 글줄이나 읽었다는 어른들이었지. 그저 겨우 시를 짓는 법, 운을 맞추는 법이나 터득한 어른들이었지야. 거기 가끔 옷차림 꾀죄죄한 지필묵 장수가 끼이곤 했지. 거기에서 내려다보면 마당가에 파놓은 연못이 한눈에 내려다보인다. 연못 속에는 적송도 하늘도 흘러가는 구름도 대나무도 다 비쳐 보였지."

스님은 다시 말을 끊었다. 가쁘게 숨을 쉬기만 했다. 숨을 쉴 때마다 콧구멍이 커졌다. 가슴에 통증이 일어나는지 얼굴을 일그러뜨렸다.

"어린 소나무는 바로 그 적송 씨가 떨어져서 난 것 아니냐? 저늙은 적송이 이 부들부들한 어린것 속에 들어 있다. 그것은 솔씨일적부터 가지고 있던 것이다. 앞으로 오랜 세월 동안 비바람 눈보라 속에서 이 어린놈은 저 늙은 적송 모양을, 아니 저 적송보다 훨씬 더 크고 풍채 좋은 모양을 저 혼자 만들어갈 것이다. 그 우람한 모양새는 원래 이 어린놈 속에 들어 있는 것이다. 만일 이 어린놈이

200

그렇게 우람하게 자랄 생각으로 꾸준히 열심히 제 일을 하면 땅속 천길만길 속에 들어 있는 기운이 그렇게 자라도록 도와줄 것이다. 세상에는 기왕 자기 속에 들어 있는 그것을 찾아가는 사람이 있는가 하면, 바깥의 엉뚱한 곳에 그런 것이 있지 않을까 하고 쫓아다니다가 자기를 지지리 못나고 초라한 땔감으로 만들어놓고 마는 사람이 있다. 그럼 어떤 어린 소나무가 장차 저 적송보다 더 우람한 나무가 되는 줄 아느냐? 사람으로 치자면 열심히 또 부단히 서책을 읽는 아이, 저 적송보다 더 우람한 나무가 되겠다는 꿈을 꾸는 어린 소나무 아니겠냐?"

초의는 다시 숨을 가쁘게 쉬었다. 창백한 얼굴에 발그레한 열꽃이 피었다.

"그림자나 허깨비 같은 사람은 바깥에서 알맹이를 찾으려 한다. 그런 사람은 어레미로 바람을 잡으러 다니듯이 자기의 알맹이를 찾아다닌다. 그렇지만 알맹이가 그런 사람한테 잡혀줄 리가 없지."

초의의 가쁜 숨결 사이로 눈송이 내리는 소리가 스며들었다.

"세상의 모든 것은 다 자기 그림자 하나씩을 가지고 이 세상에 나온다. 세속 사람들은 남녀가 결혼을 해서 살지 않으냐? 양쪽이 다 자기 그림자를 상대 쪽 가슴에다 깊숙하게 드리워놓고 산다. 고독하지 않으려고. 벗이란 것도 그렇다. 나는 내 그림자를 극락정토의 부처님 속에다가 깊이 드리워놓고 평생을 살아왔다. 그런데 그게 착각이었다. 나는 부처님의 그림자로서 평생을 살았어. 실체를 허공에다가 드리워놓고 살아온 그림자. 진흙 속에 뿌리를 묻고 수면 위의 허공 속으로 꽃을 피워올리는 수련처럼. 수련꽃은 꽃보다 수면에 투영된 그림자가 더 아름답고 실답다. 수련꽃이 사라지면 투영된 그림자도 사라진다. 세상의 모든 수련꽃은 시들어질 때 꽃잎이 흩어지는 일이 없다. 피기 직전의 꽃망울같이 오므라진 다음 겉껍질이 단단히 감싸버린다. 그리고 물속으로 가라앉아 썩어 흐물흐물 녹아버린다. 녹아버린 그것은 수련 뿌리가 빨아먹는다."

또 어디선가 설해목 꺾이는 소리가 들려왔다. 자운은 거대한 독을 울리는 듯한 소리를 들었다. 바람이 일어난 것일까. 아니었다. 환청이었다. 초의는 눈을 지그시 감고 있었다. 초의로 인해서 그 환청이 일어나고 있다고 그녀는 생각했다.

초의의 속눈썹이 미세하게 움직거렸다. 이윽고 초의가 말을 이었다.

"나는 중질하는 주제에 젊은 날을 가랑잎같이 바스락거리면서 보냈다. 그러느라고, 먼 훗날 그 동전 두 닢 돌려줄 사람이 따로 있을 거라고 했는데, 그것을 아직 돌려주지 못했다."

혼잣말처럼 중얼거리는 그 말속에 쓸쓸함이 어려 있었다.

그림자 속의 달

"이 사람아, 달의 얼굴 그 어디에 무슨 그림자가 있단 말이냐? 달빛 비친 산이 그림자를 만들고, 대나무나 꽃이 그림자를 만든다. 세상보다는 세상의 그림자가 더 아름답다. 그림자에게는 거짓이 없다. 꽃보다 꽃의 그림자가, 대보다 대 그림자가 더 아름다워. 그림자는 숲 뒤편에 있고 대나무가 디디고 선 땅 아래에 있고 강물에 있고 네 마음속에 있지. 그림자 속에 달이 있다. 달이 부처님이라면 중생은 그림자 아니냐? 부처님의 그림자는 중생들 속에 있고, 중생들의 그림자는 부처님 속에 있다. 부처님을 알려면 중생을 알아야 하고 중생을 알려면 부처님을 알아야 한다. 세상 살아가는 참이치를 제대로 그리려면 세상의 그림자를 잘 그려야 한다. 그림자를 그리면 달은 그 위에 둥두렷이 떠오르게 되어 있다. 그림자는 무엇이냐? 허적虛寂이란 것 아니냐?"

월명은 이렇게 말하고 나서 꿩알 하나를 앞에 내어놓았다.

"이 꿩알하고 이것의 그림자하고를 그려봐라. 글씨에만 서권기가 서려 있어야 하는 것이 아니고, 그림 그리는 데에도 그것이 있어야 한다. 그것이 어디 서려 있어야 하는지 아냐? 그것은 네가 그린 그림자 속에 들어 있어야 된다."

날이면 날마다 꿩알과 그것의 그림자를 그렸다. 월명은 이 알 모양새는 이래서 틀렸고 이 그림자는 이래서 그림자가 아니라고 종이를 구겨버렸다. 그러면서도 종이 속에 그려진 알의 모양새와 그림자란 이러이러하게 그려져야 한다는 것은 말해주지 않았다.

할아버지가 시를 가르칠 때 하던 말이 떠올랐다.

"시는 하나에 하나를 더하면 반드시 둘이라는 식으로 쓰는 것이 아니다. 둘에다 둘을 더하면 하나가 될 수도 있고, 공이 될 수도 있고 열이나 백이 될 수도 있는 것이 시다. 시의 묘미는 엉뚱한 데에 있는 법이다."

'엉뚱한 데에 있다는 것'은 무엇인가. 초의는 할아버지 몰래 읽은 『노자』와 『장자』에서 엉뚱하다는 말의 해답을 얻어냈다. 잘 가는 자는 자국을 남기지 않고 잘 묶는 자는 밧줄 없이도 놓여나지 못하게 묶고 잘 잠그는 자는 빗장 없이도 잘 잠근다. 그것은 보이지 않는 힘, 세상을 올곧게 나아가게 하는 그윽한玄 힘이다. 말하자면 도道라는 것이다. 엉뚱한 표현이라는 것은 그윽함을 표현하는 것이다.

월명은 어찌 보면 실성한 듯한 노인이었다. 방 안에서 혼자 그림을 그리거나 가부좌를 틀고 윗몸을 양옆으로 흔들어대고 있다가 문득 고개를 허공으로 쳐들면서 히히히히 하하하하 하고 웃어대곤 했다. 그 웃음소리에 괴이함과 귀기가 서려 있었다. 알 수 없는 것은, 월명이 그렇게 웃어댈 때면 얼굴 동글납작한 동승이 재빨리 문틈으로 안을 들여다보고 뒤돌아서서 월명처럼 웃어대는 것이었다. 월명의 그림자가 동승일까. 동승의 그림자가 월명일까.

한번은 초의가 동자승에게 스님께서 왜 저렇게 웃으시냐고 물었었다. 동자승은 고개를 살래살래 젓기만 할 뿐 대답하려 하지 않았다. 호기심을 참지 못하고 그도 안을 엿보았다. 월명은 벌거벗은 채로 동경을 앞에 놓고 그것을 들여다보면서 그림을 그리다가 그렇게 웃어대는 것이었다. 화선지에는 아주 편안한 자세로 앉아 있는 한 늙은이의 모습이 그려져 있었다. 그 노인은 누덕누덕 기운 장삼만을 걸치고 아랫도리를 벗고 있었는데, 머리칼은 쑥대 같고 얼굴은 음험하게 일그러져 있고 눈망울은 초롱초롱한데 갈비뼈들은 엮여 있는 시래기 다발 같고 가랑이 사이에는 축 늘어진 남근이 털렁거리고 있었다.

월명은 신들려 있는 무당 같았다. 스스로도 잘 분간하지 못하는 미혹 속에 빠져 있었다. 초의는 고개를 저었다. 바야흐로 산벚꽃이 산을 분칠해놓은 듯 만발했다. 바랑을 짊어졌다. 월명에게 절을 하고 나서

"저 이만 가보겠사옵니다."

하고 말하자 월명이 그럴 줄 알았다는 듯이 고개를 끄덕거리면서 말했다.

"벽봉이 기껏 바라 두 짝밖에는 모르는 사당패라면, 완호는 아흔아홉 칸짜리 궁궐을 지어 기어이 도편수 말을 들으려 하는 목수이니라. 그런디 나는 벽봉의 탱화나 소리나 춤은 알겠는디 완호의 궁궐은 알 수가 없어."

초의의 귀에 아흔아홉이란 말이 위아래 눈썹들을 모두 얽어버리는 왕거미줄처럼 걸렸다. 동시에 다감이 차를 하필이면 아홉 번까지 덖던 일이 떠올랐다.

"왜 하필 아흔아홉 칸짜리 궁궐입니까? 차는 왜 아홉 번까지 덖어냅니까?"

초의가 이렇게 묻고 나서 금방 그렇게 물은 것을 후회했다.

"내가 그것을 어찌 알겠느냐? 하필이면 거기에 이르기까지 그 짓거리들을 하고 나서 끝을 내곤 하는 놈들한테 물어봐라."

초의는 이 끝으로 입술을 씹으며 몸을 일으켰다.

달의 세 가지 모습相

마을에는 살구꽃 복사꽃들이 어우러져 있었다. 길섶에는 민들
레꽃 씀바귀꽃 자줏빛 나팔꽃들이 햇볕하고 벌하고 나비들하고 놀
고 있었다. 초의는 완호와의 만남을 운명으로 여기고 있었다.

"그래 니가 찾아올 줄 알고 있었느니라."

완호는 초의의 얼굴을 한동안 건너다보았다. 형형한 눈길이 그
의 두 눈을 파고들었다. 그 눈길이 날려보낸 기운이 가슴속과 머릿
속을 휘돌아다녔다. 일순간 눈살을 찌푸리면서 힐문했다.

"시 글씨 그림 범패 바라춤 탱화 단청들을 다 잘하는 너 같은 놈

을 일러 팔방미인이라고 한다. 그런데 그 모든 것을 잘하는 사람은 그 중 어느 하나도 잘 못하는 법이다. 이런 재주 저런 재주가 탁월한 놈은 대개 재승박덕하고 오만하고 대중들 앞에서 군림하려 들고 그러다가 오사리잡놈이 되는 법인데, 너 중노릇을 제대로 잘할 수 있기나 하겠느냐?"

그 힐문이 초의의 정수리를 철퇴처럼 내리치고 있었다.

초의는 무릎을 꿇고 머리를 조아렸다.

"부처님께 맹세코, 저의 작은 재주들은 부처님의 법을 장엄하는 데에 쓰여질 뿐일 것이옵니다. 이제 큰스님의 가르침에 따라 게으름 피우지 않고 정진에 정진을 거듭할 것이옵니다. 부디 버리지 마시고 이끌어주시옵소서."

그로부터 사흘째 되는 날 초의는 완호로부터 구족계를 받았다.

한데 완호와의 사이에 틈이 생겼다. 완호는 『능엄경』 강의를 하고 있었다.

"……달에는 세 가지 상이 있는데, 하나는 천상의 깨끗한 맑은 달이고, 둘째는 사람이 손으로 눈두덩을 살짝 누르고 바라봄으로써 두 개의 달이 생긴 것이고, 셋째는 물속에 비친 달그림자이다. 첫째 달은 순수하고 진실한 마음眞如(우주 속에서 항상 변하지 않는 진리)이고, 둘째 달은 여래장(번뇌 속에 유전하는 세계 속에 숨겨져 있는 진여)이고 셋째 달은 번뇌이다. 둘째 달은 손으로 눈을 누름으로써 생긴 또 하나의 달이므로 첫째 달과 바탕이 하나인데, 물속의 달하고는 다르다…… 모든 밝은 것은 해에게로 돌려보내고 어두움은 달이 없는 데로 돌려보내고, 통하는 것은 문으로 보내고 빈 것은 허공으로 돌려보내고, 흙비는 티끌로 돌려보낸다…… 만일 보는 성품이 밝은 곳으로 돌아가버리면 밝지 아니할 때는 어둠을 보지 못한다. 밝음과 어둠은 차별이 있지만, 보는 성품은 차별이 없다. 돌아갈 수 있는 것은 너의 진성이 되지 못하고 너에게서 돌려보낼 수 없는 것은 진성이다."

어느 날 이 대목을 강하고 났을 때에 초의가 완호에게 질문을 했다.

"세 번째 것인 물속에 투영된 달은 왜 첫째 달과 바탕이 같지 않다는 것입니까. 빛이 있어 어둠이 있고 실체가 있어 그림자가 있는 것 아닙니까? 어둠이 있어 빛이 있고 그림자가 있어 실체가 있지 않습니까? 그것들은 부처와 중생의 관계처럼 서로 반연攀緣(노인과 지팡이처럼 서로 의지)하게 하는 것 아닙니까?"

완호는 아무런 대꾸도 하지 않고 있다가 퉁명스럽게 말했다.

"손으로 눈을 살짝 눌렀을 때 보인 두 번째의 달은 제일第一의 달과 실체가 같다. 한데 물속의 달은 참으로 두 모습이 있는 것이므로 그것은 아니라고 한 것이다."

초의는 더 묻지 않았다. 그렇지만 그의 내부에 의혹이 사라진 것이 아니었다.

그림자를 잘 그리면 실체가 드러난다는 것은 무엇인가. 존재한다는 것은 그림자로서 존재하는 것이고, 그 그림자는 실체를 찾아간다는 월명의 말은 무엇인가. 그림을 그린다는 것은 곡두를 그리는 것일 뿐이라는 것인가. 그림 그리는 일은 무의미한 일인가? 그것은 곡두 저 너머의 진성을 찾자는 것 아닌가.

불제자들이 절을 짓고 탱화를 그려 부처님을 장엄하고 괘불을 그려 걸고 범패를 부르고 바라춤을 추는 것은 무엇이고, 예술에 취하고 싶은 사람들이 시서화에 취하는 것은 무엇인가. 그것들은 모두 인연했던 것으로 돌려보내야 할 무의미한 것들이란 말인가. 모두를 돌려보내고, 소위 진성眞性이라는 것 하나만 남겨 무엇 할 것인가.

혼란이 일어났다. 내가 이때껏 하여온 책 읽기와 시 쓰기와 글씨 쓰기와 그림 그리기와 탱화 그리기와 범패와 바라춤은 무엇인가. 다 버리고 진성 하나만 보듬고 부처님처럼 정좌한 채 빛으로만 살아야 참되게 사는 것이란 말인가. 그러기 위해서는 그림자인 중생들과의 교통 교감도 끊어야 한다는 것인가. 초의는 침통해졌다.

그날 밤 법천사에서 온 앳된 수좌가 귀엣말을 했다.

"초의한테 풀리지 않는 것이 있는 모양인데 그것은 쌍봉사에 가서 물어보시오. 그곳 동암에 대단한 선지식이 있다는데, 그분은 수좌들의 어떤 궁금증이든지 아주 명쾌하게 풀어준다고 소문이 나 있습니다."

사람의 껍질을 쓴 생쥐 한 마리

초의는 첫새벽에 길을 나섰다. 추석을 닷새 앞둔 날 아침이었다. 화순 이양 쌍봉사의 동암에 주석해 있는 선지식은 대관절 어떤 분일까. 머리털과 눈썹이 허옇고 눈빛이 향 맑고 살갗에 금빛 윤택이 도는 생불의 모습이 머릿속에 그려졌다.

해질 무렵에야 쌍봉사에 이르렀다. 일주문을 들어서자 거대한 삼층 목탑이 앞을 막아섰다. 빗긴 햇살이 탑의 날개에 금빛 거미줄처럼 걸려 떨고 있었다. 기단의 네모난 방의 바른쪽 문 앞 댓돌에는 짚신과 갓신들이 여남은 켤레나 있었다. 안에는 부처님께 절을 하는 신도나 수좌들이 가득 차 있었다. 그는 한 수좌가 나오기를 기다렸다가 들어가서 부처님을 친견했다.

요사채로 가는데 한 행자가 하수구에 개숫물을 버리고 있었다. 원주스님을 만나서, 동암에 주석하고 계시는 스님을 뵈러 왔는데 그 길을 가르쳐달라고 했다. 키 작달막한 원주스님은 잠시 초의의 얼굴을 뜯어보고 나서 고개를 저었다.

"그 큰스님 만나러 온 수좌들이 줄을 서 있소. 최소한 한 달은 기다려야 할 것이오. 하루에 한 사람밖에는 만나주지 않아요. 그래도 뵙고 싶거든 동암에 가서 시봉하는 상좌한테 명표를 바치고 느긋하게 기다리시오."

대관절 어떤 선지식인데 만나려는 수좌들이 줄을 서 있을까. 동암으로 갔다. 시봉 상좌에게 자기가 대둔사에서 온 초의 의순임을 말해주었다. 상좌가 눈살을 찌푸리고 그를 노려보았다. 오른손의 가리키는 손가락으로 입술을 세로로 눌러 보이고 낮은 소리로 말했다.

"우리 큰스님은 생불이시오. 큰스님 계신 방 쪽으로 두르고 예부터 올리시오. 정중하게 반배로. 큰절은 나중에 뵈올 때 하시고."

상좌의 말 속에는 오만이 넘쳐흘렀다. 그는 속에서 역한 기운이 솟구쳐 올라왔지만 참고 세 번 반배를 했다.

"요사채에 가면 객승실이 있을 것이오. 벌써 여럿이 묵고 있을 테니께 함께 기거하면서 우리 행자가 통기를 해줄 때까지 기다리시오. 먼저 원주한테 여기 다녀왔다고 말하고 공양부터 하시고."

몸을 돌리다가 상좌를 향해 말했다.

"대관절 어떤 큰스님이신데 생불이라고 한답니까?"

상좌가 귀엣말을 했다.

"옷도 손수 빨고 떨어진 데도 손수 기워 입으시고, 버선은 신지 않고 발싸개만 하는데 그것도 손수 빨아 쓰시고 남새밭을 가꾸고 밥도 손수 지어 잡수시고……."

하아, 하고 초의는 속으로 탄성을 질렀다. 그러나 의심이 남았다. 작은 것과 큰 것은 어떻게 같고 다른가. 쥐새끼와 호랑이는 어떻게 같고 다른가.

원주는 초의를 강주에게로 보냈다. 얼굴빛이 창백하고 이마와 눈 가장자리에 잔주름살이 많은 강주는

"하루 천 배씩 한 달 동안 삼만 배를 하십시오. 삼만 배를 하지 않고 큰스님한테 가면 당장에 쫓겨납니다."

하고 말했다.

이튿날부터 대웅전에 가서 절을 했다.

부처님께 절하기는 항상 고통이면서 동시에 즐거움이고 기쁨이었다. 환희심 맛보기였다. 절을 하는 처음 얼마 동안에는 머릿속에 잡된 만감이 교차하지만, 계속하다가 보면 어느 한순간에 그것들이 일시에 사라지고 텅 빈 희고 깨끗함만 남게 되곤 하는 것이었다. 절하느라고 무릎을 꿇었다가 폈다가 하는 고달픔이 있을지라

도 마음은 날아갈 듯이 가벼워졌다. 그리고 스스로의 왜소함이 슬퍼지고 분노스러워지고 부처님의 거대함이 무섭고 두려워졌다. 그러나 절을 계속함에 따라 부처님 옆으로 한 발짝씩 가까이 다가가는 느낌이 드는 것이었다. 알 수 없는 일이지만, 그는 항상 처음에 백팔 배만 해야지 했다가 오백 배를 하고 천 배를 하곤 했다. 어떤 날은 삼천 배도 했다. 온몸에 땀이 흐르고 머리와 가슴이 텅 비는 것을 보면 환희심이 몸속에서 향 맑은 샘물처럼 펑펑 샘솟았다. 그 환희심 때문에 그는 눈물을 쏟으며 어헉어헉 하고 울곤 했다. 울면서 삼천 배를 마치자마자 마룻바닥에 쓰러져버리곤 했다. 절은 부처님에게 바싹 다가가기이고 혹은 접신하기였다.

그러나 이날은 오백 배를 하고 나자 벌써 무릎과 다리와 허리와 등줄기와 팔과 어깨와 고개가 말을 듣지 않았다. 숨이 가빠졌고 온몸에 땀이 흘렀다. 그래도 참고 절을 했다. 그 선지식을 만나기 위해서는 의무적으로 절 삼만 배를 해야 한다는 말이 그를 중압하고 있었다. 스스로 하고 싶어 하는 것이 아닌 이 의무적인 절에 어떤 의미가 있는 것인가. 노예처럼 하는 이 의무적인 절 천 배는 학대다. 노예처럼 절 삼만 배를 하고 동암엘 가면 그 선지식은 대관절 무엇을 가르쳐줄까. 그 선지식은 내가 삼만 배를 했는지, 하지 않고 했다고 거짓말을 하는지 어떻게 안단 말인가. 불만과 분노와 오기 가득 찬 마음으로 그 절을 다 하고 나서 내내 마룻바닥에 엎드려 있었다.

이튿날 다시 절을 계속할까 말까 망설였다. 마음속에 회의가 일어났다. 하루 천 배씩 하는 절에 어떤 의미가 있을까. 수좌들 몇이 추석 명절을 지내고 오겠다면서 자기 절로 돌아들 갔지만 초의는 참고 절을 하러 갔다.

절을 하고 나오다가 언덕의 억새 풀섶에 맺혀 있는 이슬을 보았다. 이슬 앞에 쪼그리고 앉았다. 이슬방울 속에 그의 얼굴과 몸이 들어 있었다. 이슬방울 속의 자기를 들여다보면서 완호에게 대든 것을 후회했다. 완호의 강의는 의심할 여지없는 것이었다. 월명의 말은 그림 그리는 자로서 구족해야 할 방편일 따름일 터이었다.

텅 빈 객실에서 엎치락뒤치락하다가 문득 잠이 들었다. 눈을 떠보니 북쪽 창문에 푸른빛이 어려 있었다. 몸을 일으키고 밖으로 나갔다. 차가운 바람이 몸을 감쌌다. 서글픈 심사와 회오가 밀려들었고 그것은 어떤 무늬인가를 그려갔다. 시가 되고 있었다.

북으로 창을 낸 방에서 자다 깨니

은하수는 기울고 꼭두새벽으로 가는 밤은

산을 더 높고 골짜기는 더 깊게 한다

외로운 암자는 더욱 고적하고

달빛은 종루를 비치고

바람은 난간을 감아돈다

침잠은 숲속에

대숲을 구르는 옥구슬 같은 이슬들
점검해보니 내 발길은 나를 배반했으므로
괴로워 얼굴을 일그러뜨린다
사람들이 내 심사를 헤아리랴
나에 대한 미움과 의혹으로부터 벗어나기 어렵구나
그걸 어찌 미리 막지 못했는가
서릿발 밟으니 오싹 소름이 돋는다
동쪽 하늘은 점점 밝아오고
새벽안개는 앞산에서 일어난다.

할아버지에게서 운자를 받아 지어본 이래 처음 읊어본 것이었다. 그는 운자에 화답하여 시 짓는 것을 싫어했다. 운자는 생각과 시를 구속한다. 운은 밖에만 있는 것이 아니고 생각 속에도 있다. 속에 있는 운이 오히려 더 곡진하다. 한데 세상 사람들은 운자에 얽매인다. 운을 잘 맞추어야 시를 잘 짓는 사람으로 여긴다. 사람들은 왜 얽매여 살기를 즐기는가.

아, 그렇다. 사람들은 부처에게 얽매이고 중생에게 얽매인다. 그림 그리는 사람은 대상에 얽매이고 화선지에 투영된 그림자에 얽매인다. 수좌들은 소문난 선지식에 얽매인다. 위탁하려 한다.

범패를 하고 바라춤을 추고 절을 짓고 단청을 하고 장엄을 하는 것은 무엇인가. 부처님을 좀 더 잘 모시자는 것 아닌가. 중생을 좀 더 즐겁게 해주자는 것 아닌가. 부처님과 중생 사이 어디쯤에 진성은 있는 것 아닌가.

한데 나는 지금 동암의 선지식에게서 무엇을 얻기 위해 이렇게 기다리고 있는 것인가. 나는 지금 동암의 선지식에게 얽매이고 있다. 그에게는 그의 길이 있고 나에게는 나의 길이 있을 터인데.

바랑 멜빵을 끌어당겼다. 그것을 등에 짊어지려다 놓았다. 느긋하게 마음먹고 기다리기로 작정했다. 날마다 시 한 수씩을 읊기로 했다. 시의 세계로 들어가 산다는 것은 마음을 비우고 살기이다. 그것은 禪의 세계로 가는 길목이다. 뜨락의 자죽紫竹과 오죽烏竹 앞에 서 있곤 했다. 이놈들은 어찌하여 이렇듯 결 고운 껍질을 입고 있을까. 그 이유를 알기 위해서는 그들과 교통 교감을 하지 않을 수 없었다. 그들 속으로 들어갔다. 그들은 사연을 감추었다. 마음을 열지 않았다. 내가 마음을 열어야 그들도 마음을 열 것이다. 그의 가슴을 열고 그들을 불러들였다. 그의 가슴을 방문하고 난 그들이 자기들의 살갗 무늬에 대하여 말했다.

'원래 땅속으로부터, 하늘을 흘러 다니는 바람과 구름으로부터 나는 왔는데, 그 바람과 구름 속에 그러한 결과 무늬가 있었습니다.'

그렇다. 자그마한 연못 눈 시리도록 잔잔하다. 어리연꽃은 어디로 갔는가. 근원을 찾아 연못을 맴돌다가 갈 길을 잊고 망연히 서 있었다. 이른 저녁 다리 위로 안개가 자욱하고 산 구름은 옷자락에 스미었다. 고운 이끼를 밟을세라 두려워 지름길을 피하고 에둘러 큰길로 간다. 엊저녁에 울던 사슴은 어디로 갔는가. 티끌 묻은 머리털이 시냇물 웅덩이에서 웃고 있다.

객승실로 돌아오니 한 수좌가 기다리고 있었다. 큰스님을 배알할 차례가 되었다는 것이었다. 그 수좌를 따라갔다. 앞장선 수좌는 팔자걸음을 걸었다. 그 걸음을 걸 때마다 윗몸이 양옆으로 기우뚱거렸다. 호랑이를 배경에 둔 여우처럼 수좌는 거만스러웠다.

동암 마당으로 들어섰다. 현판도 없었다. 댓돌에는 짚신 한 켤레가 놓여 있었다.

"시님, 초의 의순 데려왔사옵니다."

안에서 아무런 반응이 없었다.

옆방에서 나온 상좌가 턱을 방문 쪽으로 쭉 내밀어주었다. 응답 기다리지 말고 그냥 들어가라는 것이었다. 방문을 열고 들어갔다. 윗목에 촛불 하나가 야울거렸다. 아랫목에 자그마한 노인이 반가부좌를 하고 있었다. 깎은 지 오래된 머리털과 눈썹이 파뿌리처럼 희었고 허리가 굽정했다. 초의는 들어서자 삼배를 했다. 얼굴이 빨아버린 대추씨처럼 작은 노인은 늙은 여우 같았다. 턱을 앞으로 내민 채 들어서는 초의를 응시했다. 촛불 빛을 받은 노인의 눈이 반짝 빛났다. 그 빛이 초의의 눈을 쏘았다.

"여긴 무얼 하러 왔느냐?"

초의는 자기도 모르는 사이에

218

"여기 쥐새끼 한 마리가 사람 껍질을 쓰고 앉아 있다고 해서 제 본디 자리로 돌려보낼라고 왔습니다."

하고 말했다. 그 말을 하고난 초의의 가슴은 우둔거렸고 눈앞이 빙글빙글 돌았고 몸 여기저기에서 화롯불 같은 열기가 솟구쳐 일어났고 그것이 얼굴로 몰려들었다. 화끈거렸다. 그 순간 세상이 환하게 열리고 있었다.

"그으래?"

한동안 초의를 노려보다가 얼굴을 허공으로 쳐들면서 "하하하 ㅎㅎㅎㅎㅎㅎㅎㅎㅎㅎ……" 하고 웃고 난 노인이 초의에게

"생각해보니 니놈 말이 아주 딱 맞구나. 너처럼 그렇게 한눈에 뚫어 봐버린 놈은 처음 본다. 내 너에게 이 세상 어느 누구도 들을 수 없는 은밀한 말을 귀뜸해주고 싶구나. 이리 가까이 오너라."

하고 말했다. 초의는 무릎걸음으로 노인에게 다가갔고 머리를 조아렸다. 만일 따귀를 치면 자기도 치고 악 하고 소리를 치면 자기도 소리쳐주리라 마음먹었다. 한데 노인은 따귀를 치지도 소리를 지르지도 않았다. 고개를 숙이고 있는 초의의 코를 재빨리 잡아서 비트는 것이었다. 초의의 코는 주먹처럼 뭉툭했다. 운흥사 아랫마을의 주막집 주모가 넋을 잃고 바라보곤 하던 코였다.

"아이고 이 젊은 스님 코는 운두가 높은 것 같지는 않는디 어쩌면 그렇게 덩실하고 튼실할까잉. 풍신도 강단지고 용모도 수려하고…… 머리 안 깎고 장가를 갔으면은 각시가 참말로 좋아했것

219

네에."

노인에게서 급습을 당한 초의는 눈앞이 아찔했고 두 눈에서 눈물이 솟구쳤다. 코를 잡아 비틀고 있는 노인의 손을 두 손으로 잡아 젖히려고 버둥거렸다. 노인은 코를 잡지 않은 다른 손으로 초의의 목을 끌어안았다. 얼굴을 초의의 귀밑에 묻으면서

"아이고, 참으로 오랜만에 사람 같은 사람 하나 만났다이!"

하고 나서야 비틀고 있던 코를 놓아주었다.

순간 초의는 자기도 모르는 사이에 노인의 코를 잡아 비틀었다. 노인이 그랬듯 다른 손으로 노인의 목을 보듬어주었다.

초의가 노인을 풀어주었을 때 노인은 반가부좌를 풀고 방바닥에 벌렁 누우면서 으크크크크…… 하고 웃어댔다. 웃음을 질질 끌면서 말했다.

"초의야, 니놈 정말 정말 잘 봤느니라. 나도 그 쥐새끼 때문에 고생 참 많이 하고 있는 참이다."

초의는 바람벽에 등과 뒤통수를 기대면서 노인을 따라서 웃어댔다.

그날 새벽녘에 초의는 길을 나섰는데, 그 소문이 쌍봉사 안에 두루 퍼졌고, 그것이 향기로운 냄새처럼 사방팔방으로 퍼져나갔고, 오래지 않아서 대둔사에까지 날아왔다.

七

번뇌라는 어둠이 없으면 세상도 없다, 번뇌를 비틀면 빛이 되는데

그 빛은 새가 되어 창공을 날아간다.

「초의」 중에서

꽃보라 보얗게 날리는 길

초의는 자주색 나팔꽃송이들이 지천으로 널려 있는 벌판을 걸
어가고 있었다. 눈앞에 자주색 꽃보라가 보얗게 날리고 있었다. 백
여 걸음쯤 앞에 누군가가 가고 있었다. 눈빛의 도포를 입은 노인이
었다. 산발한 흰 머리털들이 바람에 휘날렸다. 자주색 꽃보라가 멎
고 노인의 발에 꽃송이들이 밟혔다. 노인은 꽃송이들을 밟으며 가
고 있었다. 초의의 발아래도 꽃송이들이 밟혔다. 한데 어느 순간
부터인가 앞의 노인이 밟는 꽃송이들이 조약돌로 바뀌었다. 뒤따
라가는 초의의 발에도 조약돌이 밟혔다. 서릿발을 뒤집어쓴 순은

223

색 조약돌들이었다. 거기에 치자 빛 햇살이 드리워지자 조약돌들이 뒤집어쓴 서릿발이 벗겨졌다. 세상은 솔방울만 한 조약돌의 천지가 되었다. 그 조약돌들이 검은 쉬파리만 해졌다. 그게 모가 나기 시작하더니 붓글씨들이 되고 있었다. 노인은 붓글씨들을 밟으며 가고 있었다. 뒤따라가는 초의의 발에도 그것들이 밟혔다. 눈에 익은 글씨들이 밟혔다. 그 가운데 '茶' '山' '牧' '民' '心' '書' '經世遺表'라는 글자들이 보였다. 노인이 그를 돌아보았다. 소스라치게 놀랐다. 다산 정약용이었다. 초의는 정 승지 어르신, 하고 소리치면서 머리를 조아렸다. 정약용은 빙그레 웃더니 고개를 몇 차례 끄덕거려주고 뒤돌아서서 바쁘게 걸어갔다. 초의는 노인을 따라잡기 위해 달렸다. 노인의 걸음걸이가 나는 듯 빨랐다. 아득한 지평선으로 들어섰다. 검은 글씨들 우글거리는 지평선이었다. 그곳은 아미타 세상 앞에 흐르는 강변인데, 정약용이 생전에 쓴 글씨들이 그렇게 깔려 있다고 누군가가 말했다. 초의는 두 주먹을 그러쥐고 뛰었다. 선생을 모시고 함께 살고 싶었다. 사바 세상에서 그랬듯이 선생의 외로움을 위로해주며, 가르침을 받으며 살고 싶었다. 한데 정약용의 모습은 점차 멀어지더니 지평선 저쪽으로 가뭇없이 사라져 버렸다. 초의는 산도 들도 하늘도 강도 보이지 않는 질펀한 흰 눈 세상 한가운데 서 있었다. 나는 이제 어디로 가야 하는 것일까. 다리에 힘이 빠졌다. 이를 악물고 서 있으려고 하지만 몸이 말을 듣지 않았다. 눈 위에 풀썩 주저앉고 말았다. 일어나려고 발버둥을

쳤다.

"스님!"

자운의 목소리가 들려서 눈을 떴다. 눈송이들 쌓이는 소리가 들
려왔다. 아득한 곳에서 설해목 꺾이는 소리도 들렸다.

겨자씨 속의 수미산 혹은 수미산 속의 겨자씨

정약용은 강진의 한 주가에 있다가 만덕산 밑으로 이사해 있었다.

초의는 할아버지가 연 서당에서 『장자』를 읽으면서 초의에게 천주에 대한 이야기를 해주곤 하던 한씨를 떠올렸다. 그 한씨가 한양으로 압송되었다는 소문을 들었다. 정약용이 강진으로 오게 된 것은 신유사옥 때문이었다. 셋째 형 약종이 참수를 당하고 둘째 형 약전은 흑산도로 유배되었다.

그들 형제를 더욱 어려움 속에 빠져들어가게 한 일이 거듭 일어났다. 조카사위인 황사영이 중국 신부에게 보낸 백서帛書가 포군에게 압수당한 것이었다. 황사영은 정약용의 맏형인 정약현의 사위였다. 백서의 내용은, 프랑스에게 군함을 몰고 와서 조선 조정을 위협하여 천주학 신도들을 더 박해하지 못하게 해달라는 것이었다. 그 사건으로 말미암아 정약용 형제의 해배는 더욱 어렵게 되었다.

정약용은 만덕산 중턱에 있는 윤씨 초막을 빌어 거처를 옮겼다. 초의는 그분을 만나기 이전에 그분이 지은 시 몇 편을 읽었었다. 정약용과 가까운 혜장과 철경을 통해서였다. 「애절양哀折陽」과 「독소獨笑」라는 시에는 가슴을 도려내는 듯한 슬픔과 분노가 담겨 있었다. 만덕사 혜장이 정약용의 해박하고 고결한 성품에 푹 빠져 있다는 소문이 절에 나돌았다. 대둔사에서 강주로서 수좌들에게 『화엄경』과 『법화경』을 설했을 뿐만 아니라 사서삼경에도 밝은 혜장이 무릎 꿇고 큰절을 했다면 대단한 위인임에 틀림없었다. 승지와 호조참의를 지내고, 정조의 총애를 받았지만, 천주학을 믿었다는 혐의로 말미암아 정적들의 빗발치는 상소를 견디지 못하고 강진으로 유배되어 온 정약용의 명성은 강진 해남 장흥 안의 뜻있는 선비들과 승려들의 가슴을 두근거리게 했다. 그는 그야말로 조선조 제일의 실학자요 정치가인데다 시문에 능하고 지조 높은 인물이라는 것이었다.

"사람은 모름지기 두 개의 돌을 가지고 살아야 한다. 하나는 거울龜鑑이고 다른 하나는 숫돌他山之石이다. 거울은 올곧은 일을 하는 성인의 삶인데 거기에 몸과 마음을 비춰보며 살아가야 한다. 숫돌은 못된 짓을 하는 사람의 행실이다. 그것은 다른 산에서 나는 우둘투둘한 돌일지라도 내 심신의 성정(칼)을 벼리는데 숫돌로 쓰면 된다."

초의는 어린 시절 할아버지가 일러준 말을 깊이 간직하며 살고 있었다.

쌍봉사 동암의 늙은 스님을 만나고 돌아온 지 한 달쯤 지나서 초의는 백련사로 혜장을 만나러 갈 생각을 머리에 굴리고 있었다. 쌍봉사의 늙은 스님이 반드시 혜장을 만나보라고 했던 것이다.

"그 사람, 얼마 전에 여길 다녀갔느니라. 『주역』에 미친 것 말고는 혜장 그놈 참 이쁜 놈인데…… 『주역』 때문인지, 그만 주정뱅이가 되어버렸다고 들었다. 그놈을 만나보면 시방 니가 풀지 못한 것을 풀 수 있을 거다."

한데 그날 아침에 큰일이 하나 생겼다. 대둔사에서는 그날 수륙재를 지내려 하고 있었다. 서산대사 사명당의 찬연한 행적을 찬미하고 명복을 빌고, 동시에 임란 때 목숨을 바친 이름 없는 스님들의 원혼을 달래 극락으로 천도하려는 것이었다. 이 수륙재에는 전라감사가 헌관이 되는 것이므로 인근의 목사 부사 군수 현감 현령들이 모두 참여했다.

여기에 불려 와서 범패를 부르고 바라춤을 추어야 할 젊은 어장 한 사람이 밤새도록 설사를 한 까닭으로 탈진해버린 것이었다.

괘불을 걸고 단을 마련하고 음식들을 진설하고 대둔사와 그 말사의 모든 스님과 신도들이 몰려들어 부산을 떨었다. 해남 강진 영암 진도 무안 장흥 일대의 신도들이 몰려들었다. 요사채는 스님들로 넘쳐났고 신도들은 미리 와서 근처의 민가들에서 기식을 하거나 홑이불을 뒤집어쓰고 노숙들을 했다. 그 신도들과 구경꾼들은 재단을 중심으로 운집해 있었다.

신도들은 장흥의 보림사에서 불려와 짓소리를 하고 바라춤을 출 젊은 어장 호성의 춤사위와 타고난 미성을 구경하려고 벼르고 있었다. 호성은 혼자서 평바라춤을 추게 되어 있었다. 호성의 평바라춤이 없는 재는 싱거울 수밖에 없었다.

주지는 어찌할 바를 모르고 탈진해 누워 있는 어장 호성의 얼굴을 들여다보고 있기만 했다. 무얼 좀 마시고 나가서 하는 시늉만이라도 좀 해달라고 했지만 호성은 초주검이 되어 눈을 감고만 있었다.

주지는 완호에게 달려갔다. 어장 일을 대신할 만한 누군가가 없겠느냐고 물었다. 완호는 대뜸

"초의를 불러오시오."

"초의가 언제 그것을 익혔답니까?"

"좌우간 초의한테 맡겨보시오."

주지는 상좌를 초의에게 보냈다.

그때 초의는 요사채 모퉁이 방에서 바랑을 챙기고 있었다. 재가 끝나는 대로 혜장을 따라 강진엘 갈 생각이었다. 혜장은 수륙재를 돕기 위해 대둔사에 와 있었다. 혜장을 따라가면 두 마리의 토끼를 한꺼번에 잡게 되는 것이었다. 혜장이 이때껏 꾸려온 살림살이를 파악할 수 있고, 거대하고 드높다고 소문난 정약용이란 산을 경험하게 될 것이었다. 쌍봉사의 늙은 스님은 혜장을 통해 무엇을 알아차리라고 한 것이었을까. 타넘지 않으면 안 되는 두 개의 큰 산을 앞에 두고 있는 사람처럼 초의는 흥분해 있었다. 가뜩이나 그 두 산은 기이한 꽃과 향기로운 풀들로 가득 차 있을 뿐 아니라 기암괴석들로 잘 장식되어 있다던 것이었다.

챙긴 바랑을 머리에 베고 잠시 드러누워 있는데 문밖에 인기척이 있었다. 이상스러운 예감이 들었다. 문을 열고 밖으로 나갔다.

댓돌 앞에 치마를 머리에 쓴 여인 하나가 서 있었다. 그가 댓돌로 내려서자 여인이 그의 앞으로 나섰다. 치마를 걷어내면서 합장을 하고 반배를 하였다.

"스님, 저를 모르시겠사옵니까?"

아니 이게 누구인가. 운흥사 아랫마을 주막에서 만난 그 처녀였다. 그녀는 머리를 쪽지고 있었다. 초의의 가슴은 수런거렸다. 얼굴이 화끈 달아올랐다. 여인의 흰 얼굴과 서글서글한 눈매와 까만 눈동자가 그를 어질어질하게 했다. 초의는 세차게 도리질을 했다.

"누구신지…… 소승은 기억에 없습니다."

"그럴 리 없사옵니다. 소녀를 모르신다 함은 소녀를 지옥 속에 버리고 구제하지 않으려 하심이옵니다. 고달파하는 한 여자를 구제하지 못하고 어찌 세상의 중생들을 악업으로부터 구할 수 있사옵니까? 소녀는 오매불망 스님을 그리워하면서 따라다니고 있사옵니다. 잠시 소녀의 말씀을 들어주십시오."

"소승은 그래야 할 까닭이 없습니다. 돌아가주십시오."

초의는 아낙이 하던 말이 떠올랐다. 먼 훗날 그 돈을 돌려줄 사람이 있을 것이오. 그는 서둘러 그녀를 뿌리치고 재단 쪽으로 바삐 걸어가버렸다.

그때 주지의 상좌가 달려와서 주지와 완호 스님이 찾고 있음을 말해주었다. 여자가 그를 뒤따라오면서 애타는 목소리로 자기의 말 한마디만 들어달라고 간절히 청했지만 뒤도 돌아보지 않고 상좌를 앞장서서 재단으로 갔다. 발이 허공을 디디는 듯했다.

재단으로 가자 완호가 단도직입으로 말했다.

"네가 오늘 어장 노릇을 좀 해야겠다."

초의는 도리질을 했다. 아직도 그의 가슴은 갑자기 출현한 여인 때문에 우둔거리고 있었고, 눈앞이 어질어질했다. 그리고 벽봉에게서 배운 춤사위도 제대로 밟을 수 있을지 기억 속에서 아물거릴 뿐이었다.

"아무 준비도 없이…… 소승은 지금 그 일 할 수 없사옵니다."

초의가 뒷걸음질을 치며 고개를 저었다.

"초의마저 못 한다고 하면 오늘 보통 낭패가 아니네."

주지가 통사정을 했다.

"나서시게. 초의 사제가 해낼 만하니까 하라는 것 아닌가."

사형인 호의가 부추겼다.

"초의 사제 춤사위 어떤 어장 못지않어."

하의가 맞장구를 쳤다.

"이놈아, 운흥사에서 했던 것을 대둔사에 와서는 왜 못 한단 말이더냐?"

완호가 무뚝뚝하게 말했다.

초의는 완호의 말에 고개를 숙였다. 바라춤을 신명나게 추어버리는 것이, 흔들리고 있는 스스로를 다잡는 계기가 될지도 모른다 싶었다.

대둔사에서의 바라춤

　장삼에 가사를 걸치고 잠시 심호흡을 하고 나서 단으로 올라갔다. 보림사에서 온 늙은 어장이 짓소리를 했다. 초의는 바라 두 짝을 땅에 나란히 놓고 부처님 앞에 반절을 한 다음 무릎을 꿇고 바라의 흰 끈을 감아 잡았다. 요사채 마당에서 마주친 여인의 쪽진 머리와 갸름하고 흰 얼굴과 짧은 저고리섶 밑으로 반 뼘쯤이나 드러난 흰 치맛말이 눈앞에서 어른거렸다. 여자는 여염집 아낙의 차림새가 아니었다. 기생이 되어 있었다. 아니 신성한 재단에서 왜 그 여인을 생각한단 말인가. 혀끝을 아프게 물어 망상을 쫓았다.

짓소리에 맞추어 몸을 일으키고 두 짝의 바라를 힘껏 맞부딪쳐 크게 소리를 내고 귀 위쪽으로 치켜올렸다. 그 소리는 중생들을 번뇌로부터 깨어나게 하는 것이었다. 사실은 먼저 자신부터 깨어나야 했다. 빚진 동전 두 닢을 돌려주어야 할 사람은 그 여인이 아니다. 이 먼지 밭 세상이다. 몸 여기저기에서 흘러나와 가슴에 뭉쳐진 뜨거운 기운이 목구멍을 넘어왔고 얼굴과 정수리로 솟구쳤다. 그것이 손끝에 있는 바라로 몰려가고 있었다. 바라 두 짝을 머리 뒤쪽으로 올려서 다시 쨍 소리를 내고 오른쪽으로 도는 우요잡을 해보이고, 왼쪽으로 도는 좌요잡을 거쳐 번개요잡으로 나아갔다. 바라를 빙그르르 돌리면서 머리 위로 올리고 다른 한 짝을 밖으로 내보이면서 배꼽 부근으로 내렸다. 번뇌로부터 벗어나려는 몸부림이었다. 중생들아, 번뇌를 씻어내라. 이놈아, 너부터 그것을 씻어내라. 바라 두 짝을 서로 비비며 몸을 오른쪽 왼쪽으로 약간씩 돌렸다. 사물의 정체를 논의하는 인명찰, 한도 끝도 없이 넓은 법을 펴는 환희상배, 잡념을 버리라는 성잡시배의 동작을 차근차근 그려나갔다. 그것은 부처님을 찬미하고 환호하는 것이었다. 그는 바라를 더욱 힘껏 치면서 머리 위로 높이 치켜올렸다.

그의 바라춤을 바라보는 여신도들이 '아흐!' 하고 진저리를 치고들 있었다. 감동과 환희를 이기지 못하고 나무아미타불 관세음보살, 하고 외치기도 했다. 그들 뒤쪽에 기생 차림인 그 여인의 모습이 보였다. 아, 그는 다시 번뇌에서 벗어나기 위해 몸부림을 쳤다.

뎅짱 데엥짱 바라를 거듭 치고 귀 위쪽으로 치켜올렸다. 모든 춤사위를 추고 다시 한번 추었다. 춤사위는 격렬했다. 그는 땀을 뻘뻘 흘리면서 춤사위를 그려나갔다.

다산과의 만남

혜장은 앞장서서 가고 초의와 철경은 뒤를 따랐다. 절 아랫마을 앞을 벗어나 들판길로 들어설 때까지 그들은 서로 아무 말도 건네지 않았다. 늦가을인데도 초봄처럼 음습했고 달은 달무리를 하고 있었다. 길에는 어스름 달빛이 깔려 있었다. 풀섶에서 귀뚜라미가 울었다. 피오올 끼올롱 끼르르 삐르르, 풀벌레들이 울었다. 진한 수묵으로 그린 듯한 산들이 들판을 에워싸고 있었다. 묽은 잿빛의 안개가 자욱했다. 달안개 저쪽에 불 하나가 깜박거렸다. 혜장은 그 불을 향해 갔다. 주등이었다.

"주모!"

혜장은 호기 있게 부르면서 에움한 대울타리 안쪽의 마당 안으로 들어섰다. 봉당 바람벽에 소태 불이 야울거렸고 그 아래서 상투잡이들 셋이 투전을 하고 있었다. 혜장은 마당 한가운데 있는 평상 가장자리에 엉덩이를 걸쳤다. 초의와 철경은 그 옆에 섰다. 혜장이 옆자리를 손바닥으로 두들기며

"여기 앉게나. 나는 다자탑 앞에 앉은 석가모니 부처님이고 그대들은 가섭이 아닌가."

하고 말했다. 툽상스러운 주모가 엉덩이를 흔들면서 다가와서 어스름 달빛에 비친 혜장과 초의와 철경의 얼굴을 살폈다. 혜장이 주모의 두 귀를 잡아당기면서 입술을 이마에다가 붙였다. 쪽 소리가 났다.

"아이고, 망칙해라."

주모가 혜장의 손을 뿌리치며 소리쳤다. 혜장은 아랑곳하지 않고

"내 곡차 내오너라."

하고 말했다.

주모가 초의의 얼굴을 들여다보며

"아니 이 스님이 오늘 그 스님 아녀? 바라춤 추시든? 아이고오, 잘 오셨네, 잘 오셨어어!"

하고 호들갑을 떨었다. 콧소리가 진하게 어려 있는 색정적인 목소리였다.

"이년! 혹시라도 이 스님 배에다가 올려놓고 요분질 칠 생각일 랑 아예 말어라. 나 같은 땡중하고는 물이 훨씬 벗는 선사이시다."

혜장이 주모의 엉덩이를 철썩 쳤다.

"어쩐 일인지 주막 안이 훤해진다 했드니이! 아이고오, 오늘 이 것이 먼 일이다냐아!"

술상을 보면서 계속해서 호들갑스럽게 지껄여댔다.

"스님, 먼 바라춤을 그렇게도 잘 추신다요잉?"

혜장은 세 개의 사발에 술을 찰찰히 붓더니 그중 한 개를 들어 쿨럭쿨럭 단숨에 마셨다. 초의와 철경에게는 마시라는 말 한마디 도 하지 않았다. 초의와 철경은 혜장을 건너다보고 있기만 했다. 초의는 술을 할아버지에게서 배웠다. '술은 엄한 어른 밑에서 배워 야 하는 법이다. 술을 마시되 잘 마셔야만 멋진 선비가 된다. 그래 야만 시 잘 짓고 좋은 글씨 쓰고 오묘한 그림을 그릴 수 있다. 술에 도 마시는 법도가 있다. 법도를 잘 지켜야 술이란 놈이 주인을 깔 보지 않고 주인을 마셔버리지 않는다.'

"이놈들아, 곡차는 마시는 것이지 그림같이 완상하는 것이 아 니다. 마셔라. 곡차란 놈은 이 혜장의 품격하고는 다른 놈이다. 『장자』의 도척이나 어부하고 똑같은 놈이란 말이다. 이 곡차 속에 『주역』의 육십사괘가 다 들어 있다. 가령, 택풍대과 괘 하나만 봐 도 그렇다. 못물이 나무를 삼켜버린다. 세상에서 가장 훌륭한 사 람은 우뚝 홀로서서 두려워하지 아니하고 세상을 숨어 살아도 번

민하지 않는다. 우주의 원리元亨利貞가 다 들어 있어. 곡차에 취해보면 땅도 돌고 하늘도 돈다는 것을 알 수 있다. 원효대사가 무애춤을 춘 것은 곡차 때문이야. 그래서 나는 다른 경전을 하나도 안 읽고『대승기신론』하나만 읽는다.『대승기신론』이 모든 경전을 다 덮어버린다. 사서삼경 중에서 다른 것들은 아무것도 안 읽고 오직『주역』하나만 읽는다.『주역』하나가 모든 것을 다 덮어버린다."

혜장은 흥분해 있었다. 경 공부에 달통했다는 그가『대승기신론』만 읽는다는 것은 거짓말이었다. 초의와 철경 앞에 놓여 있는 술 사발을 들어 끼얹을 듯이 권했다. 초의와 철경은 혜장의 거짓말에 떠밀려 술 사발을 들어 마셨다. 할아버지가 그랬었다. '술하고 법도하고 시하고 글씨하고 그림하고는 다 똑같다. 술도 취하게 하고 성인들의 법도도 취하게 하고 시 글씨 그림도 사람을 취하게 한다.'

술 한 되를 더 청해 마시고 길을 나서면서 혜장은 말했다.

"지금 우리가 찾아가는 정 공도 술하고 똑같은 어른이시네. 그 어른도 나를 어질어질 취하게 해. 그 어른이 자꾸 나를 마셔버려서 큰일이여. 나는 그것이 환장하게 좋다."

혜장은 고개를 쳐들고 달을 보면서 껄껄거렸다. 자기하고 정약용하고 만난 이야기를 했다.

"내가 백련사로 오니께 해남 강진 장흥 선비라는 사람들이 줄줄이 찾아온단 말이다. 내가 불경뿐 아니고 사서삼경, 그 가운데『주역』에 능통해 있다고 하니까 그런 것이지. 그들은 한결같이 유배살이하는 정약용을 입이 닳게 칭찬하고 우러르는 말을 하면서 그분을 한번 만나보라고 하는 거여. 나도 그분을 만나보고 싶었지. 대관절 어떤 사람인데 만나는 사람들마다 그렇게 그 사람의 말을 떠벌리는고 하고. 은근히 한번 겨루어보고 싶었지. 나는 웬만한 유학들 대여섯은 방바닥에 깔고 앉을 수 있다고 생각을 하던 참이다. 오만이라면 오만일 테지이. 중놈 오만은 지옥 길 닦는 일이라는 것을 잘 알고 있다만은, 쥐뿔도 모르는 양반 선비놈들이 판치는 이 더러운 세상이 나를 오만하게 만들었다. 오만한 내 말이 그분에게 전해졌을 터이다. 어느 날 내 방으로 시골 노인 두 사람이 찾아왔더라. 한 사람은 키가 헌칠하게 큰데, 그 사람은 함께 온 다른 노인, 그러니까 보통 키인데 몸이 매우 강단져 보이는 노인의 눈치를 자주 살피면서 '혜장 스님께 차 한잔을 얻어 마시고, 역술 능하신 스님의 선풍을 좀 쐬러 왔습니다' 하고 엉너리를 치더라. 몸이 매우 강단져 보이는 노인은 눈길을 방바닥에 내리깔곤 할 뿐 나를 정면으로 건너다보려 하지 않는단 말이다. 나는 차를 대접하고, 두 노인에게 주역점을 쳐주고 이런저런 이야기를 하다가 그들을 북암에서 머무르게 했지. 그리고 잠을 자려 하는데, 아무래도 그 보통의 키에 몸 강단진 노인이 보통 사람이 아닌 듯싶단 말이다. 펀득 바로 그 사람이 정약용 아닐까 하는 생각이 들었지. 나는 벌떡 일어나서 북암으로 달려갔다. 들어가자마자 그 노인의 손을 잡고 서운한 말을 했제. '어쩌면 그렇게도 감쪽같이 사람을 속이십니까? 공께서 바로 그 정 공이 아니십니까? 빈도는 밤낮으로 정 공을 사모하고 있었습니다. 제 방으로 가시지요' 하고 내 방으로 모시고 왔다. 그래갖고는 철경을 시켜 잠자리 둘을 나란히 깔게 했지. 그때 정 공이 묻더라. '스님은『주역』에 대해서 매우 잘 알고 있기는 하던데…… 그렇지만 혹시 의심나는 대목이 없으신가요?' 이런저런 설들은 의심나지 않는데 본문에는 의심나는 게 더러 있습니다, 했지. 그러자 정 공이『역학계몽』에 대해서 묻더라. 나는 오래전부터 그것에 통달해 있었으므로 줄줄이 말을 해주었지. 정 공은 고개를 끄덕거리고 또 다른 것을 물었지. 나는 묻기가 바쁘게 대답을 해주고『주역』의 원리를 그림을 그려가면서 설명을 해주었지. 그때 문밖에 인기척이 있었지. 여러 대중들이 나하고 정 공이 주고받는 말을 엿듣고 있었던 거야. 그도 그럴 것이 유배살이하는 정 공은 세상에서 가장 뛰어난 학자요 정치가라고 소문이 나 있었고, 나 또한 대둔사에서는 입적하신 연담 스님 말고는 나를 덮을 만한 병불(불법을 가르치는 수좌)이 없다고 소문이 나 있었으니까. 정 공은 내 말을 들으면서 연신 고개를 끄덕거리다가 문득 '부처님의 제자이기는 하지만 혜장이야말로 과연 대단한 유학자로군요' 하더라. 내가 너무 말을 많이 한 듯싶어 그만 주무시지요, 하고 말했지. 문밖의 대중들은 모두 돌아갔고, 우리는 나란히 누웠다. 밝은 달이 밝았다. 달빛이 창에 비쳤다. 한데 정 공이 문득 '스님 주무십니까?' 하고 묻더라. 자지 않는다고 하니까 '건초구乾初九는 무얼 말하는 겁니까?' 하고 묻더라. 내가 '아홉은 양수의 극치입니다' 하니까 '그럼 음수의 극은 무엇입니까?' 하고 묻더라. 내가 '음의 극은 十 아닙니까?' 하고 대답하니까 '그럼 왜 곤초십坤初十이라 하지 않고 곤초육坤初六이라 하는 겁니까?' 하고 묻는단 말이다. 나는 여기서 말이 막히고 말았제이. 그것은 내가 한 번도 생각해보지 않은 것이었으니까. 내가 대답을 못 하자 정 공이 말했다. '구九는 양을 대표하고 육六은 음을 대표합니다. 양은 적극적으로 상승하고 음은 소극적으로 하강합니다. 때문에 八과 六 가운데 육을 취하는 것입니다.' 그리고는 이二와 사四를 취하지 않는 까닭을 설명하더라. 아, 나는 이때껏 『주역』을 공부했지만 그것을 몰랐단 말이다. 과연 정 공은 이 나라 최고의 석학이시구나. 이 생각을 하자 나는 벌떡 자리에서 일어나 정 공을 향해 큰절을 세 번 했다. 부처님 외에는 세 번 절하지 않는데 정 공을 향해서는 세 번 절을 했다. 그리고 앞으로 스승으로 모시겠다고 말했다. 이후 내가 자주 정 공을 찾아가서 『주역』 이야기를 하고 정 공은 나를 찾아와서 차도 마시고 외로움을 달래고 그래 온다. 어느 날 정 공이 나에게 아암兒菴이라는 별호를 주었다. 너무 고집이 세고 강직하기만 하니, 어린아이처럼 유순해져야 하겠다는 것이다. 오늘 너 그분을 잘 찾아가고 있다. 천하의 초의 의순하고 정약용 공하고는 죽이 척척 잘 맞을

242

것이다."

초의의 머릿속에 아득하게 드높은 산 하나가 그려지고 있었다. 동시에 찻잎을 왜 하필 아홉 번까지 덖어 말리는 것인가, 하고 의문을 품었던 생각이 들었다. '완호는 아흔아홉 칸 궁궐을 짓는 도편수가 되려 한다'고 한 월명의 말이 떠올랐다. 그래 바로 그 아홉이다.

초의가 엎드려 절을 하고 나자 정약용이 맞절을 하고 나서 물었다.

"왜 중이 되셨습니까?"

정약용은 반가부좌를 한 채 형형한 눈으로 초의의 얼굴을 건너다보았다. 세상에는 할 일이 참 많고 많은데 왜 하필 중이 되었느냐는 것일 터였다. 초의는 문득 전혀 뜻밖의 대답을 했다.

"어린 시절부터 그림을 잘 그리고 싶었사옵니다."

"그림이라는 말이 그림자란 말하고 같다는 것을 알고 있으십니까?"

이때 정약용의 눈길은 허공을 더듬고 있었다.

"그림자 속에 빈도가 서 있사옵니다."

"그림자와 그것을 만드는 실체 가운데 어느 것이 주인입니까?"

"그 어느 것도 주인이 아니고, 그것들 둘을 세상에 있게 한 진짜 주인이 어디엔가 있는 듯싶은데 그것을 찾을 수가 없사옵니다."

"부처님과 중생 그 어느 것도 주인이 아니고 그것들을 있게 한 주인이 따로 있다는 말로 받아들여도 되겠습니까?"

초의는 대답하지 않고 정약용을 마주 건너다보았다. 정약용이 초의의 두 눈을 들여다보았다. 이 사람의 마음은 아무나 신을 벗고 바짓가랑이를 걷어 올리기만 하면 건널 수 있는 여울이 아니다, 하고 정 공은 생각하고 있었다.

"그렇다면 진짜 주인은 바로 초의라는 말 아닙니까?"

"제대로 짚으신 듯싶사옵니다."

초의는 두 손을 방바닥에 짚고 머리를 방바닥에 조아렸다.

정약용은 허공을 향해 껄껄거렸다.

"오늘은 아주 유쾌한 날입니다. 불제자다운 불제자를 만났으니."

"과찬이시옵니다."

정약용은 그윽하게 초의를 건너다보다가 말했다.

"그런데 초의 스님, 자칫하면 스님의 발랄한 재주와 총명함과 세상을 뚫어보는 눈이 오만에 떨어질 수도 있음을 아십니까?"

"빈도는 가끔 한 마리의 기러기와 같다는 생각이 들 때가 있사옵니다. 지금 내가 날아가고 있는 이 길은 옳은 길인가 의심하고 선지식에게서 확인받고 싶어지곤 하옵니다. 빈도가 정 대감을 찾아온 것도 그 까닭이옵니다."

"초의 스님은 곤坤 같은 사람입니다. 그런데 곤은 곤이면서 건乾

을 담고 있어요. 스님은 스스로 처음과 끝을 다 품고 있음을 이미 잘 알고 있는 듯싶습니다. 초의를 처음 가르친 선생이 아마 『주역』에 정통한 사람이었던 것 같습니다."

"말씀을 낮추어주십시오. 빈도는 세속 나이로 작은아드님과 동갑이라고 알고 있사옵니다."

"아니오. 어떤 상대에게 말을 높이는 것과 낮추는 것은 아무런 의미가 없습니다. 더구나 초의당은 깨달을 것을 다 깨달아버린 스님이 아니십니까."

하고 나서 정약용은 『주역』의 「계사상전」의 상象에 대하여 이야기했다. 천상천하에는 심오한 법칙이 있는데 그 모양을 모방하여 형상화하고 있다는 것. 초의는 할아버지가 한 말을 떠올렸다. 솔씨에서 나온 조그마한 어린 소나무 속에 늙은 소나무가 들어 있다고 하던 말.

"아까 그림을 그리고 싶다고 하던데, 윤공재를 만나보았습니까? 초의당이 그리려 하는 그림이나 그 그림이나 다 똑같지 않을까요. 해남 연동에 가서 윤공재를 만나십시오. 내 외가가 해남 윤씨 가문인데 내가 지금 그곳과 가까운 여기에 와서 살고 있는 것은, 불법으로 이야기한다면 참으로 묘한 인연일 것입니다."

정약용은 눈을 거슴츠레하게 뜨고 공재와 낙서와 청고의 그림에 대하여 이야기했다.

"사람이 누구인가를 오매불망 진실로 사모하면 그를 닮게 됩니다. 선비도 그렇습니다. 한 선지자를 진실로 사숙하게 되면 그의 모든 것을 닮게 됩니다. 학식이나 인자함이나 세상을 보는 눈이나…… 심지어는 표정이나 행동까지도요. 좋은 그림은 좋은 시이고, 좋은 시나 그림은 그 사람의 마음의 표상이고 그윽한 그림자입니다. 공재 그림은 성스러우면서도 원숙하고, 그분의 아들 낙서의 그림은 그윽하고 신비玄하면서도 원숙하고, 그분의 아들 청고의 그림은 신령스럽지만 원숙하지는 못한데 그것은 그분이 젊은 시절에 돌아갔기 때문일 것입니다. 그분들의 성스럽고 그윽하고 신령스러운 것들은 그분들의 인품이 그러했기 때문입니다."

초의는 어린 시절 할아버지가 괴나리봇짐 속에 넣어가지고 와서 석 달 열흘간 모사하게 한 그림들을 떠올렸다. 지금도 그의 눈에는 그 그림들의 영상이 선명하게 떠올랐다. 그러나 이미 어린 시절에 그 그림들을 접했음을 말하지 않았다. 어린 시절에 할아버지의 권유로 석 달 동안 엎드려 복사를 했다고 하여 그 그림들을 보았다고 말할 수 없고 그것들에 대하여 아는 체할 수 없었다.

그 그림들을 다시 보고 싶었다. 이제 보면 전혀 새로운 감흥이 일어나고, 그것을 본받아 성스럽고 그윽하고 신령스러운 그림을 그리게 될지도 모른다 싶었다. 당장에 해남 연동으로 달려가고 싶었다. 한데 그 집 종손들이 나에게 그림을 보여주거나 할까.

정약용이 말을 이었다.

"사람이 글을 읽는 것, 글씨를 쓰는 것, 시를 짓는 것, 그림을 그리는 것은 나귀를 타고 길을 가는 것하고 같습니다. 길을 가는 목적은 나귀를 타고 흔들거리며 가는 데에 있지 않고, 지나쳐가는 풍광을 음미하고 목적지에 이르는 데에 있습니다. 글 읽고 글씨 쓰고 시 짓고 그림 그리는 그것들의 등 뒤쪽에 사람이 만들어지는 법입니다. 향기로운 사람, 모나지 않고 동그라미같이 원만한 사람……그렇다고 두루뭉수리한 사람을 말하는 것이 아닙니다. 군자는 서로 화합하면서도 뚜렷한 개성을 지니고和而不同, 소인은 개성을 지니지 못한 채 부화뇌동附和雷同합니다. 초의 스님이 어떤 그림인가를 그리려 한다는 것도 이 세상 어디에도 없는 초의를 만들어 간다는 뜻으로 받아들이고 싶습니다."

초의는 두 손을 방바닥에 짚은 채 머리를 조아렸다. 그는 정약용에게서 할아버지를 느꼈다. 밖에 인기척이 있었고, 혜장의 목소리가 들렸다. 정약용이 들어오라고 말을 하지 않았는데도 그는 문을 열고 들어왔다. 혜장은 한 손에 호로병을 들고 다른 한 손에 자반 꿰미를 들고 있었다.

"정 승지, 초의 이놈 아주 시원하고 멋지게 화통한 놈입니다. 오늘 이놈을 새롭게 보았습니다. 바라춤을 얼마나 잘 추는지…… 소문을 들으니 범패도 잘하고 단청도 잘하고 탱화도 잘 그리고 시 글씨 그림도 잘한답니다. 또 기막힌 소문 하나가 떠돕니다. 이놈이 쌍봉사 동암 그 괴짜 노인 코를 사정없이 비틀어주고 왔답니다, 흐호흐흐크크크…… 이런 놈을 만났는데 맨숭맨숭한 정신으로 이

밤을 지새울 수 있겠사옵니까요?"

사발에다가 호로병을 기울였다.

그날 밤 정약용 옆에서 자고 이튿날 아침 일찍이 해남 연동으로 갔다. 정약용이 해남 윤씨 문중의 종손인 석표石瓢 공에게 써준 편지를 가지고.

새삼스럽게 그림에 정진하려는 것은 아니었다. 어린 시절에 보았던 그림과 이제 보는 그림은 어떠한 차이가 있을까. 그가 그려가려고 하는 그림과 실제 그림의 세계와의 간극을 알아보고 싶었다. 그가 그려가고 있는 그림을 더욱 운치 있게 해줄 유현한 기운을 공재 낙서 청고의 그림에서 얻고 싶었다.

석표는 초의를 반갑게 맞아주었다. 진사인 형제들을 불러 차를 대접하면서 화첩을 보여주었다. 초의가, 어린 시절 할아버지가 그 화첩을 석 달 열흘간 빌려와서 모사를 하게 했음을 말하자

"아! 그 삼향 어르신의 손자이시로군요. 그 어르신 화첩을 빌려 가시려고 선친 앞에 무릎을 꿇고 사정을 하고 또 하고 무려 닷새 동안이나 그래 가지고 빌려 가셨어요. 선친께서는 그것을 빌려주시고 나서 숙부나 당숙들에게 얼마나 시달리셨는지 모릅니다. 말씀은 삼향 그 사람 제 목숨같이 간수했다가 약속한 날짜에 반드시 가져올 것이다, 하시면서도 혹시 오가는 길에 도둑이라도 맞지 않을까 하고 밤잠을 못 주무셨어요. 석 달 열흘이 지나고 삼향 어르신이 그 그림을 가지고 오자 선친께서는 후유우 하고 안도의 한숨

을 쉬셨습니다."

초의는 사당을 참배하고 나서 이제 철이 든 눈으로 그 화첩을 다시 한번 보고 싶다고 말했다. 석표는 서슴지 않고 장롱에서 화첩을 꺼내 보여주었다. 초의는 무릎을 꿇고 앉아 그림을 한 장씩 펼쳤다. 전서 예서체의 글씨들부터가 진경에 도달해 있었다. 초의는 넋을 잃고 그림을 들여다보았다. 그림을 그리는 데에는 일정한 법이 있다. 그 법 때문에 단아하게 되고, 단아하므로 현묘한 정취를 자아내게 하고, 현묘함으로 말미암아 신비스러운 분위기로써 보는 사람을 취하게 한다. 세상의 모든 좋은 시와 글씨와 그림은 사람을 취하게 한다. 취한다는 것은 진여의 세계 속으로 들어서게 한다는 것이다. 나도 이런 것쯤 알 수 있고 할 수 있다고 잘난 체하는 일에 길들여진 천박한 속물들로서는 흉내도 낼 수 없는 것이다. 적어도 이런 그림을 그리려면 그림에만 미쳐야 한다. 그림은 말 없는 시이고 소리 없는 음악이고 몸짓 손짓 없는 선禪이다.

이제부터 새로이 그림 공부를 시작해볼까. 몸속에서 어떤 힘인가가 스멀스멀 기어나와 가슴속에 뭉쳐지고 있었다. 몇 년 간 엎드려 그림을 그린다면 이 그림들보다 더 아름답고 곱고 현묘하고 신명난 그림들을 그릴 수 있을 듯싶었다. 그는 화첩을 빌려달라고 청하고 싶었다. 절로 가지고 가서 남몰래 모사를 해보고 싶었다. 속으로 고개를 저었다. 어린 시절에 모사해본 것으로 족하다. 이제 모사한다면 모방이 되고 표절이 된다. 이제는 내 그림을 그려야 한

다. 공재나 낙서나 청고의 그림과는 전혀 다른 현묘한 세계를 창작
해내야 한다.

시詩 서書 화畵, 삼절

절로 돌아온 초의는 완호가 주석하고 있는 암자의 모퉁이 방에서 그림을 그렸다. 어린 시절에 할아버지의 가르침을 받으며 모사했던 기억을 되살리며 시를 그렸다. 산과 강과 안개와 꽃과 대나무들이 화선지 위에서 그윽하고 현묘한 안개 같은 시로서 살아나고 있었다. 도반인 호의 하의가 그의 그림을 보고 찬탄했다. 문기가 무럭무럭 피어난다고.

초의가 탱화 잘 그리고 단청 잘하고 범패와 바라춤에 능할 뿐 아니라, 시 잘 짓고 글씨 잘 쓰고 그림 잘 그린다는 소문이 절 안에 나돌았다. 그러나 그는 자괴감 속에 빠져들었다. 그가 그린 그림들은 어디에서인가 본 듯한 그림들이었다. 자기가 그린 그림을 보고 절망했다. 어느 날 문득 그림 그리기를 그만두었다.

앞으로 나는 사람들에게 '나도 그림을 그릴 줄 안다'는 말을 씨부렁거리지 않아야 한다. 어린 시절에 할아버지가 빌려가지고 온 화첩을 석 달 열흘 동안 모사해보았다는 이력을 앞세우고 서투른 솜씨로 그림을 그리고, 그것을 내돌리고, 그림에 대하여 아는 체하는 것은 공재 낙서 청고 어른들에게 죄를 짓는 사술이다. 시서화詩書畵에 능한 삼절三絶이란 말에 현혹되지 않아야 한다.

중은 탱화 그려 장엄하고 범패하고 바라춤 추고 향기로운 차를 내어 부처님과 중생들을 즐겁게 하는 실질적인 삶을 살아야 한다. 참선을 핑계로 벙어리 중이 되어서는 안 된다. 가난한 신도들의 시주만 얻으려 하고 절밥만 축내는 중이 되어서는 안 된다. 시 쓰고 글씨 쓰는 것은 여기餘技로 할 일이지, 그것만 앞세우고 빈둥거리는 풍류객이 되어서는 안 된다. 일천 강을 비추는 달 같은 중이 되어야 한다.

그는 그러한 각오들을 정약용에게 말하려고 강진으로 갔다. 그러나 가지고 간 차를 끓여 대접하기만 했을 뿐 준비해간 말은 입 밖에 내지 못했다. 차를 마시는 동안 정약용의 이야기는 종횡무진 하늘에서 땅으로 유교에서 불교로 불교에서 유교로 옮기어 다녔다.

"……불교에서의 마음 다스리는 법은 마음 다스리는 것을 사업으로 여기지만, 우리 유가에서의 마음 다스리는 법은 사업을 마음 다스리는 것으로 여깁니다. 성실하고 바른 마음이 비록 지극한 공부이기는 하지만 늘 사업으로 말미암아 뜻을 성실하게 하고 사업으로 말미암아 마음을 바르게 해야 합니다. 벽을 마주 보고 마음을 관찰하여, 스스로 그 허령한 본체를 점검하여 텅 비고 밝게 하며 티끌만큼도 물들지 않게 하는 것, 이것을 성의니 정심이니 하는 일은 없습니다. 그 일들을 성심으로 해나갈 때 마음이 바르게 되는 것인데, 그것의 최고 형태는 공맹의 인이라는 것이고, 구체적으로 말한다면 효도孝하고 아랫사람을 아끼고弟 못 먹고 못살고 박해받는 사람을 자애慈하고 구제하는 것입니다. 그것을 불교에서는 아마 자비라고 말할 터입니다."

이야기는 어느새 문장으로 옮겨가 있었다.

"……사람에게서 문장이 나오는 것은 풀이나 나무에 꽃이 피는 것과 같습니다. 나무 심는 자는 나무를 심을 때 뿌리를 북돋워주고 줄기를 안정시켜주면 됩니다. 얼마 지나면 진액이 올라서 가지와 잎이 퍼지고 꽃이 핍니다. 꽃은 밖으로부터 가져오지 못합니다. 성실한 뜻, 바른 마음으로써 뿌리를 북돋우고 독행 수신으로써 줄기를 안정시키고 경전과 예를 깊이 연구함으로써 진액을 빨아올리고 널리 듣고 아름다움을 떠나지 않음으로써 잎과 가지를 퍼지게 합니다. 이것이 바로 문장 쓰는 도리입니다. 문장은 밖으로부터 가져오지 못합니다."

초의는 머리를 숙인 채 듣고만 있었다.

"문장은 도道를 싣는 것이고, 시는 뜻을 말로 나타낸 것입니다. 그러므로 그 도가 세상을 바로잡고 구제하기에 부족하고 그 뜻이 텅 비어 세운 바가 없으면 비록 그 문장이 야단스럽고 그 뜻이 아름답더라도 그것은 빈 수레를 몰면서 소리를 내는 격이고 광대가 풍월을 말하는 것과 같습니다."

이야기가 그림으로 옮겨갔다.

"초의당은 못하는 일이 없다고 들었습니다. 불화도 그리고 바라춤도 추고 범패도 잘 부르고, 시도 잘 짓고 글씨도 잘 쓰고 그림도 잘 그리고, 차에 대해서도 잘 아시고 참선도 하고…… 그야말로 팔방미인이네요. 잘하는 일입니다. 모든 사업은 성실한 뜻과 올바른 마음을 가지게 합니다. 모든 길은 같습니다. 가령 화법은, 그것을 잘 배워야만 그림의 진정한 뜻을 얻을 수 있습니다. 그렇지만 배우지 않고도 그것을 이룰 수 있는 길이 있는데, 그것은 서권기가 많을 때 일어납니다. 그림 그리기는 그리려 하는 대상 밖에 그 형태가 있는데, 중요한 것은 그 형양을 바꾸면 안 됩니다. 그림은 또한 법도 밖에서 새로운 뜻을 드러내고, 호방한 가운데 묘리를 부쳐 놓아야 합니다. 칼끝에서 노닐되 여지가 있게 그리고, 도끼로 찍어 바람을 일으키듯이 그려야 합니다."

초의는 그 유장한 말씀들을 주체할 수 없었다. 준비해온 말을 감히 말할 수가 없었다. 초의는 즉흥시 한 수를 써 올리며 말했다.

"탁옹 선생께서는 수미산 같아서, 드리고 싶은 말씀이 있사오나 감히 입이 떨어지지 않아 이렇게 시 한 수를 지어 바치옵니다. 못 짓는 시이지만 삼가 시로써 빈도의 뜻을 아뢰려고 하오니 해량하시기 바랍니다."

"그래그래!"

초의는 송구스러워하며 시를 정약용의 무릎 앞에 들이밀었다. 정약용이 시를 읽었다.

부자는 재물로서 사람에게 내려주고

어진 이는 말로 사람들에게 준다네

……

이제 또 헤어지는 자리에 임하여

옷깃을 여미며 가르침을 청하옵니다

가르침에 대하여 감사의 말씀 드리오며

가슴에 깊이 새겨 띠에다가 써두럽니다.

초의의 시를 읽고 난 정약용은 빙그레 웃었다. 그리고 시의 운을 아주 귀신같이 잘 맞추고 있다고 말했다.

"부끄럽사옵니다. 모름지기 시는 그렇게 운을 맞추어 쓰는 법이라고 돌아가신 할아버지께서 가르쳐주셨으므로 그 가르침에 따라 쓰는 것일 뿐이옵니다. 사실 빈도는 운이라는 것이 무엇인지도 잘 모르옵니다. 다만 느낌으로써 그때 그 자리에, 돌담 쌓는 사람이 돌덩이들의 아귀를 맞추듯이 짜 맞추곤 하올 뿐이옵니다."

정약용은 고개를 끄덕거렸다. 손에 든 시행들의 운자를 하나씩 짚어가면서 말했다.

"한자라는 글자는 중국에서 수천 년에 걸쳐 써오는 글자라 그 사람들 삶의 가락이 담겨 있습니다. 우리 민족의 말 가락은 중국 사람들의 말 가락하고 전혀 다르기 때문에 우리들은 속사정을 모르고 그냥 그렇게 해야만 시를 잘 짓는 줄 알고 본받아 하고들 있습니다. 우리는 우리 나름의 가락을 시에 담으면 됩니다. 깊이 생각을 해보면, 그림 그리기에 있어서 대상 밖의 모양새를 그려야 잘 그리는 그림이 되듯이, 운자 없는 가운데 운이 살아 있는 시를 써야 할 일입니다. 그것이 진정으로 우리 민족 된 자가 할 일 아니겠습니까?"

엎드려 절하고 대둔사로 돌아오면서 생각했다. 운자를 박아 넣는 일은 꼭두각시놀음처럼 장난스러운 일이다. 얼마나 많은 시인들이 운자 맞추는 일 때문에 조바심치고 전전긍긍하고 고심하는가. 운자 맞추는 일 때문에 시는 늘 시인의 뜻을 배반한다. 진정으로 좋은 시는 운자에 대하여 무식하지 않되 얽매이지 않고 써야 한다.

불타는 전각, 미쳐버린 혜장

초의는 눈 세상 속에서 지그시 눈을 감은 채 불을 생각하고 있었다. 그해 이월 대둔사 천불전이 불타 없어졌다. 가리포첨사가 한밤중이 가까워 절에 들어와 횃불을 만들어 곡간을 수색하는 과정에서 불티가 곡식 가마니에 떨어져 불이 난 것이었다. 누군가가 천주학쟁이들이 대둔사 곡간 속에 숨어 기도를 하곤 한다는 고변을 했던 것이다. 곡간의 불은 가허루 천불전 대장전 용화당 지장전 적조당 약사전 향로전을 차례로 태웠다.

그 불은 초의에게 많은 것을 가져다주었다.

스님들은 달려 나와 발을 동동 구르기만 했다. 연못에서 동이로 물을 길어다가 불을 향해 끼얹는 스님들이 있긴 있었지만 그것으로는 맹렬한 불을 잡을 수 없었다. 대부분의 스님들은 선 채로 불 붙은 건물들이 우지끈 와지끈 무너지는 것을 바라보고 서 있을 뿐이었다. 나무아미타불 관세음보살을 염송하면서.

서산대사 영정을 모시고 있는 절임에도 불구하고 가리포첨사는 무엄하게 들이닥쳐서 수색을 강행하였고, 그 결과 엄청난 화재를 불러온 것이었다. 수많은 스님들과 신도들이 우러러 경배를 하곤 한 금빛의 부처님들은 하릴없이 불에 탈 뿐 스스로 어떠한 위력도 보여주지 않았다.

초의는 불에서 멀리 떨어진 채 타오르는 불을 바라보고 있었다. 그 불길을 보고 혜장이 달려왔다. 백련사 주지 일을 그만두고 돌아와 대둔산 한구석에다가 조그마한 토굴을 짓고 거기에 주석하고 있었다.

"잘 탄다! 자알 탄다. 으하하하하…… 내일 아침에 일어나 보아라. 파도는 어디론가 가고 없고 물이 고요히 물살 짓고 있을 것이다. 누가 그랬는지 모르지만 불 잘 질렀다! 으하하하……."

다른 경전을 덮어버리고 『대승기신론』만 읽는다는 승려답게 혜장은 너털거리고 있었다. 그를 떠밀고 가는 사람은 아무도 없었다.

혜장의 유언, '무단히, 무단히'

이튿날 전각들이 불탄 자리에는 하얀 재만 있었다. 떼죽음을 당한 몇 천만 스님들의 다비장을 방불하게 했다.

이후 혜장은 더욱 술을 진하게 마셨다. 밥은 한 끼도 먹지 않고 술로만 살았다. 절 안에는 불을 지른 것이 김 선생이라는 소문이 돌았다. 김 선생이란 혜장을 두고 하는 소리였다. 불경은 젖혀두고 『주역』 연구만 한다고 그렇게 별호를 붙인 것이었다. 혜장이 다른 경은 읽지 않고 오직 『대승기신론』만 읽는 까닭은 『주역』 때문이라고 했다. 『주역』이 그로 하여금 부처님에게 절하고 염불하는 것을 업신여기게 하였다는 것이었다.

"큰 도(대도)는 모양새(형상)가 없고 진리는 언설이 없는데 형상과 언설을 의지해서 무엇을 일으키겠다는 것이냐?"

혜장은 이렇게 떠들고 다녔다. 초의는 걱정스러워졌다. 혜장의 변화가 정약용으로 말미암은 것이란 이야기가 나돌면 어찌할까. 혜장을 변화하게 한 것은 혜장의 마음일 뿐인데.

"물과 파도는 둘이 아닙니다. 왜 물 쪽으로만 나아가려 하십니까?"

초의가 혜장에게 추궁하듯 말했다. 혜장이 그것을 모를 리 없었다. 하지만 초의는 허무로 치닫고 있는 혜장의 생각을 붙들어주고 싶었다. 혜장은 말했다.

"아이고, 이 총명한 놈, 니 말이 옳고 또 옳다. 그런데 절이 없고 나무로 깎은 부처님이나 먹물 들인 옷이 없어도 법은 엄연히 존재한다. 석가모니 부처님 살아 계실 적에는 절이 없었어. 나무로 깎아 만든 부처님도 없었어. 법이 무엇이냐? 법이란 중생의 마음이다. 중생의 마음이란 우리들의 마음이다. 천지 만물은 다 내 마음의 그림자다. 내 마음이 없으면 부처님도 지옥도 없다. 중생의 마음, 말하자면 내 마음이 대승의 법 그 자체다. 그것은『주역』에 있는 말들하고 똑같다. 성인이 천하의 심오한 법칙을 보고 그 형용을 모방하여 물건에 적의하게 형상화한 것이 실상이라는『주역』속의 말 읽어봤느냐?"

"스님께서는 시방 부처님을 등지고 나아가고 계신다는 것을 아십니까?"

초의가 말했다.

"그래 나는 부처님 배반하는 쪽으로 나아가고 있는지도 모른다. 나는 이제 머리 깎고 먹물 들인 옷을 입고 있을 뿐, 사실은 중이 아니다. 그런데, 중이면 어떻고 중 아니면 어떻다는 것이냐?"

"부처님을 배반하면 엎드려 빌 곳이 없어집니다."

"왜 빌 데가 없어, 이놈아? 천주학에서도 유다라는 배반자가 있었어. 그 유다가 예수를 팔아먹었다고 할지라도 예수의 제자임에는 틀림없듯이 내가 설사 배불했다 할지라도 석가모니의 제자임에는 어찌할 수 없다."

하루는 혜장의 상좌 수룡袖龍이 초의를 찾아왔다. 종이 뭉치 하나를 주면서 말했다.

"이걸 정약용 공에게 가져다드리라고 합니다."

초의는 그것을 받아 펼쳐보았다. 혜장의 생각은 갈 데까지 가 있었다. 이십여 편의 시들은 모두 우울과 슬픔과 허무 범벅이 되어 있었다.

참선 공부로 깨달음을 얻었다는 자 그 누구인지
연화세계는 이름만 들었네
외로운 읊조림 늘 우수 속에서 나오고

맑은 눈물 으레이 취한 뒤에 흐른다.

이 시들을 초의에게서 받아 읽은 정약용은 대둔산 북암으로 혜장을 찾아갔다. 술을 줄이고 경전을 읽고 시를 지으며 건강하게 살면서 후학들을 가르쳐야 하지 않느냐고 권했다. 한데 혜장은 기다랗게 한숨을 쉬면서

"무단히, 무단히……."

하고 알 수 없는 말만 되풀이해서 지껄였다.

혜장은 술병으로 개구리 헛배 부르듯 배가 불러 밥 한 숟가락 먹지 못하고, 숨을 거두는 순간까지 곡차를 마시며 정약용에게 한 "무단히, 무단히……"라는 말을 되풀이하였다. 혜장의 임종은 상좌 수룡과 그의 법을 받은 철경이 지켰을 뿐이었다.

혜장의 장례는 쓸쓸히 치러졌다. 혜장의 청에 따라 관은 대둔사로 옮겨지지 않았고 그가 북쪽에 지은 자그마한 암자 앞마당에서 영결을 했다. 혜장의 총명과 부처님의 말씀과 공맹의 말씀 사이에서 고뇌한 정상을 가엾게 여긴 여남은 대중들이 찾아와 지켜보았고, 겨우 스무남은 신도가 참례하였을 뿐이었다.

젊은 한때 혜장의 경전 공부, 조사들의 말씀에 대한 공부의 뛰어남은 대둔사 안에서 널리 소문이 나 있었다. 오직 연담 스님과 완호 스님의 강을 들을 때만 고개를 끄덕거릴 뿐, 다른 스님들의 강은 듣고 나서 쯧쯧 하고 혀를 차곤 했다. 많은 수좌와 신도들이 혜

장을 신봉하고 따랐었지만 배불하고 『주역』에 미쳤다는 소문이 나자 혜장을 마군에게 들린 괴승으로 여기기 시작했다.

정약용은 몸소 찾아와 만장을 썼다. 강진에서 오는 동안 줄곧 생각하고 온 듯 한번 붓을 들자 멈추지 않고 줄줄이 써 내렸다.

중의 이름에 선비의 행위여서 세상이 모두 놀랐거니
슬프다 화엄의 옛 맹주
『논어』 한 책 자주 읽고
구가의 『주역』 상세히 연구했네
찢긴 가사 바람에 처량히 날아가고
남은 재만 비에 씻겨 흩어지네
장막 아래 몇몇 사미승
선생이라 부르며 통곡하네.

정약용은 가는베 한 자락에 이렇게 쓰고 나더니 초의를 돌아보았다. 그것으로 숨에 차지 않는지 한 장을 더 쓰고 싶다고 했다. 초의가 종이 한 장을 내서 펴주었고, 정약용은 다시 한달음에 내리쓰기 시작했다.

푸른 산 붉은 나무 싸늘한 가을
희미한 낙조 곁에 가마귀 몇 마리

가련하구나 떡갈나무 숯 오골午骨(오만방자한 병통)을 녹였
으니

종이돈 몇 닢으로 저승길 편하겠는가

관어각 위에 책이 천 권이요

말 기르는 상방廂房에는 술이 백 병이네

나를 알아주는 진정한 벗은 인생에 오직 두 늙은이

다시는 우화도藕花圖 그릴 사람 없겠네.

젊은 초의에게 맡겨진 재건 천불전의 상량문

혜장이 돌아간 뒤 초의는 우울해졌다. 혜장에게서 스스로의 미래를 보았다. 천불전과 여러 전각들의 불타 없어짐과 불에 타면 한 줌 재로 돌아갈 뿐인 나무부처에게 경배하고 염불을 하는 일에 무슨 의미가 있느냐고 소리쳐댄 혜장의 한 줌 재로 돌아감이 초의의 가슴을 보얀 안개로 채워놓고 있었다.

초의의 은사 완호는 천불전을 재건하기 위해 손수 모연문을 써서 호의 하의로 하여금 돌리게 했다. 천불전 재건에는 전라감사가 특별한 시주금을 보내면서 관심을 나타냈다. 인근의 목사 부사 군수와 현감들도 시주금을 보내왔다. 그것은 대둔사에 모셔진 서산대사와 사명당의 위패로 말미암은 위력이었다.

천불전 재건 공사가 시작되자마자 완호는 가장 신임하는 제자 호의와 하의에게 천불 조성 불사를 지시했다. 호의와 하의는 경주 기림사로 떠났다. 그 절에 목각 잘하는 스님이 있었다. 스무 살 되던 해부터 문득 눈이 반쯤 멀어버린 목각승은 평생토록 불상 조각하는 일밖에는 하지 않았다. 비가 오나 눈이 오나 밥 한 술 먹고 나면 시냇물로 가서 목욕을 한 다음 대웅전에 가서 백팔 배를 하고 나와서 공방으로 들어가 그 일만 한다고 소문이 나 있었다. 세상의 모든 절의 주지들은 그 목각승이 조상한 부처를 자기 절에 모시고 싶어 했다. 눈이 반쯤 먼 사람이 어쩌면 그렇게도 정교하고 인자한 불상을 조상할 수 있단 말인가.

초의는 호의 하의 두 손위 도반과 함께 기림사엘 가고 싶었고 그 뜻을 완호에게 말했다. 한데 완호는 무뚝뚝하게

"너는 여기 있거라."

하고 말했다.

초의는 스승이 원망스러웠다. 자기를 홀대한다고 생각했다. 내가 배불한 혜장과 가까이하고 유가 사람인 정약용을 따르기 때문인가보다. 정약용을 가까이하면 나도 멀지 않아 혜장처럼 배불하리라고 생각하는 것일까.

초의는 목수들을 감독하는 완호에게 가서

"스님, 저도 일을 돕고 싶사옵니다."

하고 말했다. 완호는 그의 말을 못 들은 체하고 도편수와 이야기를 하기만 했다. 초의는 다시 같은 말을 했다. 완호가 한참 만에 뒤를 돌아보며 무뚝뚝하게

"너는 가서 상량문 쓸 준비나 하거라."

하고 말했다.

초의는 귀를 의심했다. 완호도 글 잘 짓고 글씨 잘 쓰기로는 도량 안에서 둘째가라면 서러워할 율사였다. 천불전 재건은 완호의 힘으로 이루어지고 있는 것이었다. 모연문과 축문을 짓고 쓰고 시주를 모으고. 그렇다면 당연히 완호가 직접 상량문을 써야 하는 것 아닌가. 대개의 사람들은 누구든지 후세에 자기의 솜씨를 남기고 싶어 하는 법 아닌가. 그런데 왜 상량문을 아직 새파란 젊은 나보고 쓰라는 것일까.

"시방 천불전 상량문이라고 하셨사옵니까?"

"그랬다, 이놈아!"

초의는 몸이 허공으로 떠오르는 듯싶었고 눈앞이 어지러워졌다. 아, 하고많은 스님들을 다 젖혀놓고 풋내기인 나보고 상량문을 쓰라고 하시다니…… 그는 얼떨떨해진 채 몸을 돌렸다.

완호의 말 한마디가 날아와 그의 뒤통수를 때렸다.

"단청불사 할 금어도 안 데려올 참이다."

초의는 발을 멈추고 완호의 얼굴을 바라보았다. 완호는 도편수

에게서 설명을 듣고 있었다. 도편수가 펼쳐든 천장 설계도를 들여다보며.

"단청불사를 저보고 하라는 말씀이옵니까?"

초의는 완호에게 다가가서 물었다. 완호가 화를 벌컥 내고 말했다.

"아니 이놈 너는 왜 자꾸 두 번씩 세 번씩 같은 말을 하게 하느냐? 김 선생이 돌아가면서 이놈 넋을 아주 쏙 빼간 모양이네?"

그날 밤 초의는 시냇가 바위에 엉덩이를 붙이고 별 떨기들 총총한 검은 자색의 하늘을 쳐다보고 있었다. 상량문 서두에 어떤 말을 놓을까. 머릿속에는 푸르고 노랗고 붉은 별들만 수런거렸다. 그 별들이 머릿속에서 꽈당꽈당 굉음을 내고 있었다. 시끄러움은 안 된다. 고요가 있어야 한다, 하고 생각하면서 노래하며 흐르는 물을 내려다보았다. 순간 아, 하고 소리쳤다. 여울에 빠져 어지럽게 춤추는 샛노란 별들이 그의 정수리를 쳤다. 물이 굉음을 칼칼하게 소쇄시키고 있었다. 몸을 일으키고 방으로 들어가 불을 밝히고 먹을 갈아 한달음에 써내렸다. 천불전의 상량문이었다.

본디 세상의 가장 참됨은 허허로운 고요함이고 우주의 근본원리는 색상의 끝자락에 가닿고, 현묘한 도리는 깊고 은미하며 뜻은 이미 이름 지어진 말들의 표현을 빌려 나타낸다……:

나귀를 모시고 가는 스님

아침 공양을 하고 났을 때, 다산 초당에서 공부를 하는 윤동이 초의를 찾아왔다. 정약용이 한번 와달라 한다고. 혜장이 돌아간 다음 내내 우울한 나날을 보내고 있다는 것이었다.

"저는 정 승지 어르신의 깊은 슬픔을 헤아릴 길이 없으므로 무슨 말 한마디 붙여드릴 수가 없습니다. 초의 스님께서 가셔서 어떻게 좀 해드리십시오."

초의는 윤동을 따라 길을 나섰다. 일주문 앞에 나귀 두 마리가 묶여 있었다. 윤동이 준비해온 것이었다. 윤동은 느긋하게 타고 갔지만, 초의는 나귀 타는 일이 서툴렀다. 더구나 나귀는 잘 먹지 못해서 빼빼했고 갈비뼈들이 드러나 있었다. 그는 몇 걸음 타고 가지 못하고 나귀 등에서 내렸다. 이 자식이 얼마나 힘들어할 것인가. 그는 나귀를 앞세우고 걸었다.

"나귀가 스님을 모시고 가는 것이 아니고 스님께서 나귀를 모시고 가는 셈이옵니다요."

윤동이 돌아보며 안타까워했지만 초의는 끝내 나귀를 더 타려하지 않고 걸었다.

그사이 정약용은 많이 수척해 있다고 윤동이 말했다. 도무지 잠을 이루지 못한 채 노심초사한다는 것이었다.

"서북에서 난을 일으켰다가 정주에서 패하고 죽은 홍경래 일당 때문입니다. 그것이 사실인지 어쩐지 확인할 길이 없는디, 그놈들이 내놓은 격문 중에, 천주학을 빙자하여 정적을 죽이거나 유배시키는 간당들을 징치하겠다는 말이 들어 있다는 것입니다요. 그것은 곧 그놈들이 성공하면 정 승지 등을 해배시키고 재등용하게 하겠다는 것이 아니겠습니까? ……이런 기막힐 노릇이 어디 있습니까? 왜 모두들 가만히 강진에 앉아 계시는 정 승지 어른을 그렇게 못 살게 안달을 합니까? 그 쳐 죽여도 시원치 않을 황사영이란 조카사위 때문에 어려움을 당했다가 겨우 목숨 부지하고 여기까지 와 계시는데, 이번에는 코빼기 한 번도 보지 못한 서북 상놈들이 날뛰어가지고 정 승지 어른을 곤혹스럽게 하고 있습니다. 그게

사실이라면 한양의 정적들이 어떻게 나오겠습니까요? 다 죽이고
도 정 승지 어르신을 죽이지 못하면 헛일이라고 떠벌리고 다니는
정적들 아닙니까? 만만한 왕에게 더 깊은 섬으로 유배를 보내라고
상소를 올린다든지, 사약을 내리라고 한다든지…… 아이고 스님,
이 방정맞은 입주둥이를 용서하십시오. 좌우간에 그래서 정 승지
어르신은 요즘 아주 힘들어하고 계십니다. 스님께서 위로를 좀 해
드리십시오."

정약용은 초의의 절을 받고 말없이 고개를 끄덕거렸다. 얼굴에
어두운 그늘이 어려 있었다. 윤동은 술상을 봐왔다. 정약용이 술
한 잔을 마시고 났을 때 초의가 말했다.

"윤동 어른이 빈도에게 오지 않았어도 빈도는 오늘 탁옹 선생을
뵈러 오려고 생각하고 있었사옵니다. 빈도는 어떤 분을 깊이 생각
하고 있을 경우 그분에 대한 꿈을 꾸곤 합니다. 어린 시절 빈도는
당골에게 팔린 적이 있사온데 그때 신당에서 오래 머무르며 신상
神像에게 절을 많이 한 까닭인지 그 신이 빈도에게 내리곤 하는 듯
싶사옵니다. 중놈이 미망에 젖어 살고 있다고 흉허물 마시고 제 말
씀을 들어주십시오. 간밤 꿈을 꾸니까 탁옹 선생께서 손수 쓰신 글
씨들 위에 앉아 변을 보고 계셨사옵니다. 한데 그 변이 딱딱한 황금
덩어리들이었사옵니다. 탁옹 선생께서는 그 금덩어리들을 손에 들
고 있다가 얼굴이 수려한 청년에게 건네주었는데 그 청년은 탁옹
선생의 아드님이었사옵니다."

"아, 그것 참으로 상서로운 꿈이오. 아마 가까운 시일 안에 좋은 소식을 가지고 아드님이 내왕할 모양이옵니다."

윤동이 말했다.

정약용은 콧등에 잔주름을 잡으며 웃었다.

"이 초당에 계시는 동안 염려 마십시오. 빈도가 모시고 있는 부처님께서는 아주 영험하신데 빈도의 발원을 아주 잘 들어주시옵니다. 빈도는 탁옹 선생에게 좋은 일만 일어나게 해달라고 날마다 밤마다 비옵니다."

정약용은 고개를 끄덕거리며 술잔을 들어 단숨에 마셨다. 정약용의 눈에 물이 어리고 있었다.

이튿날 정약용과 초의와 윤동 일행은 월출산을 향해 길을 떠났다. 윤동이 나귀 세 마리를 준비해왔는데 이날도 초의는 나귀를 앞세우고 걸었다.

백운동으로 들어섰다. 절묘한 기암괴석들과 외틀어진 나무들 너머로 보라색 연봉들이 병풍처럼 둘러 있고, 맑은 물이 발 아래로 흐르는 백운동은 무릉도원을 방불하게 한다고 윤동이 말했다.

거기에 토막 하나가 있다고 했다. 알상투를 한 중년 사내가 딸이라 해도 과언이 아닐 듯한 젊은 아내와 함께 살고 있는데, 사내는 사냥을 하기도 하고 마을에 가서 양식을 구해오기도 한다는 것이었다.

"어쩌면은 똑똑하고 야무진 상놈인데 양반 댁의 처자를 훔쳐가지고 들어와 살고 있는 듯싶기도 하고, 또 어쩌면 천주학을 신봉하다가 숨어 들어와 살고 있는 듯싶기도 하고⋯⋯."

낙엽이 지고 있었다. 황혼이 꺼지자 수묵 같은 땅거미가 내렸고 샛노란 별들이 가지색 밤하늘을 장식했다. 세상은 귀뚜라미 소리 풀벌레 소리 시냇물 흐르는 소리들로 가득 찼다. 가끔 커웅커웅커웅 하고 목탁새가 울었다.

토막의 알상투 사내는 초의 일행을 극진하게 대접했다. 윤동이 정약용과 초의를 소개하자 그들 부부는 눈물을 글썽거리며 정약용 앞에 머리를 조아렸다. 정약용 집안의 참담한 불행과 형제의 슬픈 유배살이에 대하여 소상하게 알고 있는 듯싶었다.

알상투는 자기들이 거처하는 방을 초의 일행에게 내주고 자기들은 봉당 옆의 헛간에다가 자리를 펴게 했다. 그리고 마을 주막에 가서 술을 사왔다. 그날 낮에 잡아놓은 토끼로 죽을 쒀냈다.

술이 있고 한 맺혀 있는 글 선비들이 있는데 풍류가 없을 수 없었다. 초의는 속에서 알 수 없는 기운이 샘솟고 있었다. 어웅하고 웅숭깊은 계곡의 음음한 기운이 그의 속으로 들어와서 시와 음률을 만들고 있었다. 시 한두 편을 지어 읊는 정도로는 풀리지 않을 듯싶었다. 목청 높여 범패를 한바탕 부르고 바라춤을 신나게 추고 싶었다. 정약용과 윤동도 마찬가지인 듯했다.

소슬한 바람이 계곡 아래쪽에서 달려왔다. 수천만의 나뭇잎들이 찰랑댔다. 계곡의 모든 것이 그들의 일행을 환영하고 축복해주고 있었다.

"초의당, 오늘은 파계를 하시오!"

정약용이 초의를 향해 말했다.

초의는 무릎을 꿇고 술잔을 받았다. 윤동이 말했다.

"선비들이 마시는 것은 술이지만 선승들이 마시는 것은 곡차라고 들었습니다."

술이 몇 순배 돌았을 때 정약용은 도도한 취흥을 어찌하지 못하고 초의를 향해 말했다.

"초의당은 재주가 아주 많다고 들었소. 그것을 여기서 한번 보여주시오."

초의는 그 말을 기다리고 있기라도 한 것처럼 방짜 대접 둘을 들고 일어서서 범패를 불렀다. 그러면서 바라춤을 추었다. 젊은 아낙이 춤을 엿보았다. 백운동 계곡의 깊은 지맥 속에서 솟구쳐 오른 기운이 초의의 피 속으로 들어가 광기 같은 소리와 춤을 만들어내고 있었다. 대접 둘을 머리 위로 올려 찰크랑찰크랑 소리를 내면서 춤을 추었다. 끊일락했다가 간드러지게 이어지고, 데구르르 구르며 흐르는 듯싶다가 카랑카랑하게 솟구쳐 오르는 그의 목소리에는 촉기가 어려 있었다. 그것은 일순간 날개를 치며 솟구쳐 오르는 매처럼 검푸른 구만리 장천으로 날아갔다가 숲속의 꿩을 향해 급전직하했다.

초의가 춤을 끝냈을 때 정약용은

"그런 광기를 감추고 중노릇을 어떻게 그렇듯 조용조용히 하는 것인가? 그런 광기가 속에서 용트림을 하는데 초의당의 글씨는 왜 그렇게 착하고 차분하고 정직하고 속기가 없고 온후한가?"

하고 말했다.

윤동이 말했다.

"이제는 정 승지 어르신께서 재주를 보여주실 차례이옵니다요."

"이 풋늙은이야 기껏 시를 읊조리는 것밖에 무슨 다른 재주가 있겠는가? 내 청산도를 읊을 터이니 초의당은 백운도로 응답을 하시오. 윤 군은 무릉도원도를 읊조리고."

정약용의 이 말을 듣자마자 초의는 머릿속에 시가 샘물처럼 고이기 시작했다. 윤동이 운자를 무얼로 할 것이냐고 물었다. 정약용이 말했다.

"운자란 것은 중국 사람들 흉내 내는 속인들이나 가지고 노는 것이지, 이런 도솔천에 온 신선들은 그냥 조선 사람들의 숨결로 읊어야 하네."

정다산은 운동에게 조선글로 적으라고 하고 나서 윗몸을 양옆으로 천천히 흔들면서 초의가 범패를 부르던 것처럼 우수 어린 카랑카랑한 음성으로 한숨 쉬듯이 읊기 시작했다. 하늘로부터 지상으로 유배된 사람의 한스러운 가슴속으로 푸른 계곡의 시냇물이 흘러들고 있었다. 정약용은 그것을 다시 한문시로 읊어주었고 윤동은 그것을 달필로 적었다.

초의는 청산도를 들으면서 문득 솟구쳐 올라오는 뜨거운 울음을 참을 수 없었다. 시의 내용보다 그것을 읊는 한 서린 목소리가 그의 가슴을 더욱 아프게 했다. 언젠가 정약용은 흑산도로 유배되어 간 형 손암을 현산玆山 형님이라고 부르기로 했다고 했었다.

"왜 현산이라고 하는지 아시오? 흑산을 현산이라고 한 것일 뿐입니다. 검을 현玆 자는 감을 현玄 자 둘을 병기한 글자 아닙니까? 높고 높은 세상이 현입니다. 더러운 것은 검음黑이지만 드높고 깨끗하고 신성하고 유현한 경지가 '현'입니다."

정약용은 청산도를 통해 자기가 그윽함의 세상 속에 들어서 있음을 읊고 있었다. 노자와 장자의 도는 현에서 나온다. 정약용은 흑산도에 유배된 형에게 현산이라고 하면서 세상과 형 손암을 향해 말하고 있는 것이다. '형님, 우리는 적어도 더러운 세상(흑산)으로부터 초탈하여 드높고 그윽한 세상(현산) 속에서 살고 있습니다.'

초의는 백운도로 화답했다. 그는 시로써 그림을 그리고 있었다. 조금 전에 정약용이 그린 드높고 그윽한 푸른 세상에다 흰 구름을 얹어 그리고, 그 바탕 위에다 시정에 겨운 세 사람을 앉혀놓았다. 도솔천의 주인이 되어 잠깐 세상에서 입은 상처를 달래주고 있었다.

그때 알상투의 사내가 댓돌 아래 엎드리면서 울음을 터뜨렸다.

정약용과 초의와 윤동은 놀라 사내를 내려다보았다. 사내가 울음 섞인 소리로 말했다.

"소인은 죽었어야 할 몸이 시방 더럽고 구차하게 살고 있사옵니다. 소인은 정약종 어른을 따라다니면서 전도를 했사옵니다. 그러다가…… 그 어른이 저 높은 곳의 그분에게 부르심을 받으신 다음 저는 이렇게 도망을 쳐서 구차스럽게 살고 있사옵니다. 오늘 정 승지 어르신을 뵈오니 마치 정약종 그 어르신을 뵈는 것처럼 가슴이 뜨겁게 달아오르고 떨려 견디기 어렵나이다."

초의와 윤동은 당황하여 정약용과 알상투 사내의 얼굴을 번갈아 보았다. 정약용은 얼굴이 해쓱해졌다. 몸을 벌떡 일으켰다. 알상투 사내를 내려다보며

"너 이놈, 닥치지 못할까! 네놈의 세 치 헛바닥이 여기 앉은 사람들을 모두 도륙하는 칼이 됨을 왜 모르느냐? 나는, 하늘 아래 얼굴을 마주할 수 없는 그 약종이 같은 사람 잊은지 오래이니라. 이후 다시는 어떠한 경우에도 그 못된 세 치 혀를 놀리지 않도록 하거라."

하고 소리를 질렀고 댓돌로 내려섰다. 그의 집안을 풍비박산으로 만들어준 천주학의 망령이 이 월출산의 백운동에 기어들어와 있다니, 정약용은 몸서리를 쳤다.

"윤 군, 무엇하느냐! 속히 앞장서거라! 여긴 도솔천이 아니고 저 승사자 한 놈이 와서 버티고 있는 지옥문 앞이구나."

알상투 사내가 땅바닥에 얼굴을 비비며 용서를 빌었지만 정약용은 뒤도 돌아보지 않고 자드락길을 비틀거리며 걸어 내려갔다. 강진 만덕산 기슭에까지 오는 동안 정약용은 아무 말도 하지 않았다. 숲속에 절진한 어둠을 응시할 뿐이었다. 나뭇가지들 끝에 걸린 별들이 이동하는 세 사람을 따라 이리저리 건너뛰었다. 정약용은 속으로 울고 있었다. 그 울음소리를 초의는 듣고 있었다. 정약용의 주위에는 정적들의 귀가 도사리고 있었다. 다 죽이고도 정약용을 죽이지 못하면 하나도 못 죽임과 똑같다고 그들은 말하고 있었다. 그 귀는 사사건건을 정적들에게 써 올리고 있을 터이었다. 정적들은 황사영의 백서사건 같은 것이 정약용 주변에서 하나만 더 불거지기를 기다리고 있는 것이었다.

만일 정약용이 다시 천주학 믿는 자들과 상종하는 것이 정적들에게 알려지면 정약용은 물론 흑산도의 형 정약전까지도 사약을 받게 될 터이었다. 초의는 나귀를 타지 않고 걸었다. 그의 나귀는 윤동에게 맡기고 정약용이 탄 나귀의 고삐를 끌며 걸었다. 정약용이 할아버지만 같았다. 초의는 아버지에 대한 정을 느끼지 못하고 살아왔다. 부정다운 부정은 할아버지에게서 느꼈었다.

이듬해 한여름의 어느 날 다산초당엘 갔더니 정약용은 낮잠을 자고 있었다. 윤동이 기다리고 있다가

"이 더위 속에서 글을 쓰시다가 소쇄하시고는 금방 잠이 드셨습

니다."

하며 초의를 동편 등성이의 숲 그늘로 인도했다.

"이런 표현이 죄송스럽기는 하는디…… 참으로 지독하신 어르신입니다."

하고 말했다. 초의는 그게 무슨 말이냐고 묻지 않고 샘물 한 바가지를 떠 마시고 왔다. 윤동이 말을 이었다.

"맥이 없어 보이시고, 식은땀을 흘리시는 것 같고, 현기증이 있으신 듯싶어서 제자들 몇이 나서서 개를 한 마리 잡았습니다. 탕을 끓여서 가져다드렸더니 이게 무어냐고 하시길래 구拘입니다, 그랬지요. 땀을 뻘뻘 흘리시면서 다 잡수시더니, 그래 견犬은 먹어서는 안 되고 구는 먹어도 된다. 제자들은 개고기를 찢어 말려가지고 한 열흘 동안 거듭 탕을 끓여 드렸습니다. 그래서 식은땀 흘리시는 것이나 현기증이 다 회복되셨습니다. 그런 뒤로 무어라 하신지 아십니까? 개 잡는 방법을 묻는 것이었어요. 개 잡는 것이야 머슴 놈들이 하는 것이니까 잘은 모르기 때문에 아는 대로만 대충 말씀드렸지요. 그런데 세세히 그야말로 속속들이 물으셨어요. 도망치지 못하게 하는 방법, 숨을 끊는 방법, 털을 벗기는 법, 상하지 않게 오래 보관하기 위해 살을 찢어 말리는 방법…… 모두 소상하게 말씀을 드렸지요. 주인이 튼튼한 새끼줄로 올가미를 만들어 목에 씌우고 머슴이 새끼줄의 끝을 지게코에 꿰어 당긴 다음 개의 목이 바짝 죄어지면은 몽둥이로 정수리를 쳐서 죽이고, 그런 다음 개울로 가지고 가서 목나무에 매달고 너무 세차지 않는 짚불로 그을리면서 작대기 끝으로 털을 벗겨낸다는 것, 그리고 창자를 꺼내고 고기를 가마솥에 넣고 삶아 국과 무른 살은 우선 먹고 단단한 살은 찢어 양지바른 곳에 발대를 세우고 말린다는 것…… 그랬는데 당장에 흑산도 형님한테 보내는 편지 속에 개 잡아 먹는 방법을 상세하게 적어 넣으시더라고요."

초의는 소나무숲 사이로 내려다보이는 바다로 눈길을 던졌다. 청람빛 바다에는 흰 물살이 일어나 있었고 봉황포에서 뜬 옹기배 세 척이 황포 돛폭에 바람을 가득 담은 채 해남 쪽으로 가고 있었다. 영광 법성포를 거쳐 마포나루로 가고 있을 터였다. 정약용이 저 배들을 보면 얼마나 한양엘 가고 싶으실까. 흑산도의 형님이 얼마나 보고 싶으실까. 초의는 정약용의 속마음을 읽고 있었다.

유배가 쉬 풀리지 않을 거라고 아주 여생을 보낼 셈으로 느긋하게 사는 듯이 보이지만 사실에 있어서는 얼마나 그것을 기다릴까. 유배지에서 병들어 죽어서는 안 되지 않는가. 아직 할 일이 많은데 이곳에서 죽기는 너무 억울하고 분하지 않는가. 살아 있으려면 잘 먹어야 한다. 잘 먹고 건강하여 저술을 하며 기다려야 한다. 정적들에게 트집 잡힐 일을 하지 않아야 한다. 흑산도에 유배살이하고 있는 형 정약전에게 개 잡아먹는 방법을 말해준 것도 그것일 터이다. 형님, 건강하게 살아 있어야 합니다. 오래 사는 자가 최후의 승리자입니다. 살아 있으면 언젠가는 유배가 풀릴 터이고 그러면 우리 다시 만날 수 있게 될 것입니다. 악착같이 잘 잡수시고 건강하게 살아 계십시오.

2권에 계속

초의 1

초판 1쇄 인쇄 2023년 1월 16일
초판 1쇄 발행 2023년 1월 31일

지은이 한승원
펴낸이 정중모
펴낸곳 도서출판 열림원

출판등록 1980년 5월 19일(제406-2000-000204호)
주소 경기도 파주시 회동길 152
전화 031-955-0700
팩스 031-955-0661   페이스북 /yolimwon
홈페이지 www.yolimwon.com   트위터 @yolimwon
이메일 editor@yolimwon.com   인스타그램 @yolimwon

주간 김현정
책임편집 황우정   마케팅 홍보 김선규 최가인
편집 조혜영 최연서 이서영 김민지   온라인사업 서명회
디자인 강희철   제작 관리 윤준수 이원희 고은정 원보람

ⓒ 한승원, 2023

ISBN 979-11-7040-160-5 04810
       979-11-7040-157-5 (세트)